C E R E A L

主　　编　Rosa Park
创意总监　Rich Stapleton
文字编辑　Richard Aslan

中文版主编　王菲菲
策划编辑　郝兰
责任编辑　郝兰
营销编辑　李晓彤
新媒体编辑　李晓彤　孙千傲

译　　者　张瑾
装帧设计　申亚申
封面摄影　Rich Stapleton

图书在版编目（CIP）数据

谷物．9，大宅至简 / 英国 Cereal 编辑部编著；张瑾译．-- 北京：中信出版社，2018.6（2025.3 重印）
书名原文：Cereal 14
ISBN 978-7-5086-8884-8

Ⅰ．①谷…　Ⅱ．①英…　②张…　Ⅲ．①游记－作品集－英国－现代　Ⅳ．①I561.65

中国版本图书馆 CIP 数据核字（2018）第 085238 号

谷物．9，大宅至简

编　　著：英国 Cereal 编辑部
译　　者：张瑾
出版发行：中信出版集团股份有限公司
（北京市朝阳区东三环北路 27 号嘉铭中心　邮编　100020）
承 印 者：北京利丰雅高长城印刷有限公司

开　　本：889mm × 1194mm　1/16　　印　　张：10.75　　字　　数：150 千字
版　　次：2018 年 6 月第 1 版　　印　　次：2025 年 3 月第 16 次印刷
书　　号：ISBN 978-7-5086-8884-8
定　　价：68.00 元

序

2017年4月，我收到了英国内政部寄来的一封信，我的签证续签申请被拒了。至于理由，说是存在某种高技术性问题，我至今也没搞明白。他们给了我14天时间，要么上诉，要么离境。开始，我不敢相信这是真的，后来，这种感觉被震惊取代，我脑海中响起父母常挂在嘴边的话："永远给自己留条后路。"我以前从来没有真正完全理解这句话，彼时彼刻，它的意思明明白白得令人痛苦。我读着信，上面说我无权在这个8年来被我视为美好家园的国家生活、工作、结婚，我不禁泪流满面，脑子里翻来覆去只有一句话："我还有什么选择？"

最后我的结论是，我最好离开，去美国，这样能重新掌握主动权。我可以以美国为基地，远距离处理英国签证问题。虽然没有上诉，决定主动离开，但我还是感觉自己是被人踢出来的，被迫进入无限期"旅行"状态。这选择等于没选择，我感受到前所未有的无助和沮丧。

在离开英国的飞机上，我偷偷抹着眼泪，体味着这五味杂陈的感觉、这些细腻微妙的情感。我意识到，这次经历是对我的旅行之爱的终极考验。不知道下次再踏上英国土地是什么时候，也许永远没有下次了，现在需要拿出我的冒险精神了。这是我人生中的一次重大机遇，让我能将自己的最大潜力发挥出来。

现在，结束了3个月的"在路上"生涯，再次回到家里，我可以自信地告诉你们，我热切地抓住了过去3个月里每一次旅行的机会。在美国怀俄明州，我花了一下午时间，乘一辆三轮摩托车（side-by-side）巡游了大提顿国家公园（Grand Teton National Park），一路上虽灰头土脸，却很享受看见大灰熊那一刻浑身一激灵的刺激感；在加利福尼亚州，我报名参加了一个一周健身课程，在冥想的迷宫中信步漫游，发现了许多我都不知道自己拥有的问题的答案；在田纳西的黑莓农场，我跟一群可爱的小猪玩耍闲逛，它们让我对早上刚吃过培根产生了深深的罪恶感（不可思议，我素食主义附身了）；在伊利诺伊州的普拉诺（Plano），我开启了一场建筑美学朝圣之旅，参观了密斯·凡·德·罗（Mies van der Rohe）的范斯沃斯住宅（Farnsworth House）；我对纽约的热爱之火再次燃烧起来，我细细探索了每一个街区，有了许多"再发现"。不可否认，在这些活动的间隙我偶尔会顾影自怜，但最终它们都成了我人生的一部分。

一天，我突然得到消息，我的签证被批准了。那一刻我心情复杂，但最强烈的感觉还是如释重负。我很欣慰我能回家了，我的乐观和对旅行的热爱并没有被破坏。说到底，旅行还是我的人生真义，但没有什么比早上在自家床上醒来更美好的事了。

——

Rosa Park

目 录

弗雷德·桑德贝克的

《十座垂直建筑的十个正等轴测图》

加莱里·丹尼尔·布克霍尔斯和里森画廊的

《佛罗里安·普豪森》

亚当·卡鲁索的

《物感》

摄影：Ash James

芝 加 哥

美国

C H I C A G O

U S A

2 4 小 时

城 市 速 览

24 Hours

IN THE CITY

文字：Justin H. Min　摄影：Carmen Chan

罗比酒店

在芝加哥精品酒店不断扩张的大环境中，罗比酒店（The Robey）孑然而立。地处市中心黄金地段柳条公园（Wicker Park）的中心位置，罗比酒店主楼西北塔楼共12层、69间客房，既保留了建筑初期的艺术装饰风格（Art Deco），又与现代元素完美融合，低调典雅又活力非凡。客房内部就像爱德华·霍珀（Edward Hopper）的画一般，一抹深绿，一抹青灰。罗比顶楼的休息厅和酒吧——卡巴纳俱乐部（The Cabana Club），提供180°的开阔视野，在这里你可以遍览周边美景。新旧兼备的罗比酒店是芝加哥精神、传统和活力的典型标志。

芝加哥西北大街2018，邮编IL60647

芝加哥艺术学院

芝加哥艺术学院（The Art Institute of Chicago）可不是一般的艺术博物馆。它创建于1879年，拥有超过30万件藏品，时间跨度超过5 500年，是美国拥有最多永久馆藏艺术品和工艺品的博物馆之一。这里有许多知名艺术家的代表作，包括格兰特·伍德的《美国哥特式》、巴勃罗·毕加索的《老吉他手》和爱德华·霍珀的《夜鹰》。整个博物馆有8座建筑，占地超过9万平方米，覆盖了从密歇根湖到千禧公园之间的整个街区，至今仍是世界上最受喜爱和参观人数最多的博物馆之一。

芝加哥密歇根大街南111，邮编IL60603

鸽子餐馆

保罗·卡亨在柳条公园款待我们的鸽子餐馆（Dove's Luncheonette）就像家一样舒适自然。木质护墙板、不锈钢柜台，以及“号叫野狼”和柯蒂斯·梅菲尔德的歌曲，使这里充满了20世纪60年代的怀旧气息，促使你靠在椅背上，深呼吸，慢慢沉静下来。这家餐馆提供一日三餐，主营南部墨西哥菜，主厨丹尼斯·伯纳德（Dennis Bernard）负责菜品研制和改良。你可以尝尝蘸着辣香肠酱的脱脂乳炸鸡，或者搭配酥脆土豆的辣鸡胸和牛腩烧。

芝加哥达曼大街北1545，邮编IL60622

Chill

Chill（原意指寒冷，在美国也常指安静、放松、休息）是家冥想中心，坐落在北河区，一个非常理想的地点。深蓝色的房屋正对着世界上最大的商业建筑——商品市场（Merchandise Mart），一个总面积约37万平方米的庞然大物。坎齐大街（Kinzie Street）外面，城市依旧熙熙攘攘；里面，Chill是一方宜人乐土。其设计周到仔细，极简风格的设施将冷静和活力平衡得很好。冥想室里几乎空无一物，仅有柔和的灯光和一些散落的坐垫。在大厅里隐隐约约可以听到流水的声音。

芝加哥坎齐大街西222，邮编IL60654

玛莎玫：艺术品及美好的事物

琼·玛丽·凯特（Jean Marie Cate），玛莎玫（Martha Mae）的所有者，毕业于芝加哥艺术学院，十分清楚自己的喜好。她独特的审美意识在安德森维尔街砖泥结构的商店里展露无遗，她在那里工作和生活。长长的木桌子上陈列着各种精心收藏的艺术品和实用的家居、办公室和工作室用品。里面售卖的艺术品均被打上了当地艺术家或者琼本人的特征。玛莎玫，琼的查理王小猎犬，在门口迎候客人，跟店里的其他事物一样美丽。

芝加哥克拉克大街北5407，邮编IL60640

Grant Achatz

格兰特·阿卡兹

将艺术和美食融于一体

文字：Justin H.Min　**摄影**：Justin Chung

在阿里尼（Alinea）吃完饭后，顾客们经常用诸如"超乎想象""非同一般""难忘"这样的字眼形容他们的感受。我一直很好奇这是为什么。我明白，精确地描述一家餐厅具体好在哪里很困难，甚至根本不可能。但是，对于这家餐厅我有个理论。从阿里尼走出来的时候，我觉得刚才不只是吃了一顿饭，还回顾了一生。菜单上的那些菜品调动了我的所有感官，带我超越了林肯公园饭店的地理范围。我好像一会儿坐在我妈妈的厨房里，一会儿站在7–11便利店外面嚼口香糖，一会儿又在巴亚尔塔港游泳。

记忆、情感、艺术……这些词平时都不会用在烹饪行业中，可是对于阿里尼的联合创始人和主厨格兰特·阿卡兹（Grant Achatz）来说，这些词与食物的制作和享用不可分割。这也是为什么芝加哥在过去10年里成了"美食艺术"的代名词，而"美食艺术家"也成了格兰特·阿卡兹的代名词。他就像一位建筑大师，有条不紊地将一次就餐体验变成一场环球旅行，甚至是跨时空的，穿越古今。他的食物能唤起人的内在情感，充满幽默感和神秘感，将喜悦和惊奇带上了餐桌。

谷物：你是怎么来到芝加哥的？

格兰特·阿卡兹：我在全国各地寻找，想找到一个能让我全权做主的小餐馆。我是个非常专注的人，需要一个独立发挥的空间。那时候我只有26岁，亨利·阿达尼亚（Henry Adaniya）如果不是对我非常信任，是不会让我掌控全局的。我很幸运，芝加哥的餐饮媒体和食客对我各种稀奇古怪的创新菜给予了肯定。我记得很清楚，那是2001年，实验菜还没有现在这么流行，但芝加哥一直以来都是一座鼓励创新冒险的城市，特别是在艺术、美食领域。我觉得自己来对了地方。

谷物：这些年芝加哥口味是如何融入你的菜式的？

格兰特·阿卡兹：当人们提起美食的时候，通常会想到旧金山或者纽约。2005年阿里尼开业的时候，这儿的美食文化才刚刚兴起。一大堆年轻主厨——包括我在内——跟着全国各地的大厨工作了一段时间以后，准备自己出来闯荡。我们开始占领各种餐馆，从阿里尼一直到Schwa（餐厅名），我把它们比作20世纪90年代摇滚乐领域的涅槃乐队（Nirvana）和各种地下乐队。有些主厨还说，吃饭用不着装腔作势，用不着穿西装打领带，我们听着大声嘈杂的摇滚乐一样能做出好菜。现在，我们已经连续3年赢得詹姆斯·比尔德奖（James Beard Awards），并且有足够多的菜系和餐馆规模让芝加哥成为人们心目中的美食圣地。这座城市的美食氛围就是这么令人惊奇。

谷物：你从哪里寻找灵感？

格兰特·阿卡兹：我一直不知道怎么回答这个问题，因为这个问题没法简单回答。我非常爱学习：读烹饪书，出去吃饭，旅行。我看到、听到、摸到、闻到的所有东西都像是与食物有关的万花筒。比如，我听一首歌时会联想起一道菜或一段餐厅经历。食物就是我看世界的"滤镜"，我的注意力总是在食物上面，我总是把它们照单全收。

谷物：你认为好的食物是不分国界的吗？

格兰特·阿卡兹：作为一名厨师，我觉得我能让任何人喜欢我的食物。但是，从我的旅行和世界各地厨师朋友的经验来看，有些食物的味道是基于生活环境、成长经历和习惯而成立的。咸味和酸味作为味道的两大基石，是主要影响因素。

谷物：烹饪是一门艺术，还是一门手艺？

格兰特·阿卡兹：难道手艺人不是艺术家吗？我觉

得艺术就是能影响人情感的东西，而食物符合这个定义。在阿里尼，我们有目的地影响人们的感官和情感。每个厨师都可以在烹饪中用盐、糖和酸味物质调味，我们还选择用情感调味。我们将各种怀旧元素融入料理中，通过操控气味、质感和美感来影响食客。我们现在的菜单上就有一道菜将胡巴布巴泡泡糖（Hubba Bubba bubble gum）作为主味。

谷物：我特别喜欢那道菜，好像回到了童年。

格兰特 · 阿卡兹：就是这些事情让我开心微笑。这是多么强有力又充满个人体验的美味啊！

谷物：阿里尼的主旨有变化吗？

格兰特 · 阿卡兹：我们的核心理念一直没有变过，但是从风格上讲，我们的菜品变化相当大。2005年，我们的创新才刚刚开始。人们喜欢惊喜，那时候我们几乎没有任何传统菜式，喜欢使用大量不锈钢和极具科幻感的餐具，上面还有很多定制的细节设计。但是事物是不断变化的，大约每隔15年，一个新的烹饪时代就会开始。现在，随着本地化的兴起，厨师们谈论的是如何在65公里内买到所有食材。有机和健康食品更符合美学标准。要是我说我们没有往这些流行趋势上靠，那就是骗人了。我们非常小心地考量每一次变化，永远不会为了追求潮流而淡化阿里尼的风格。我们只是必须注意人们的喜好以及其他厨师在做什么——即使只是为了不雷同。

谷物：你与癌症的斗争如何影响了你的事业？

格兰特 · 阿卡兹：人们普遍以为我会说得了癌症以后我对味道的理解变了，可是我没变。一年以后我的味觉恢复了，一切又跟以前一样。真正发生了巨大变化的，是我对味道如何发挥作用的理解。我的味觉是慢慢恢复的，跟婴儿成长时学习每一种味道的过程一样。只是我是个33岁的主厨，我对食物的味道如何相互作用有更深入的了解。我不推荐任何人用这种方法开发味觉，但是这次经历的确对我大有帮助。这次经历还改变了我作为一个领导者与人交流的方式，我完全换了一个角色。传统上主厨是发号施令的人，厨房里的每一个人按指令递上食材，主厨尝过以后再指导烹饪。在那之前我都是这么工作的。然而，突然间我连食物的好坏都尝不出来了，我变得特别脆弱，某种程度上可以说是完全无助。我觉得，这次经历把我变成了一个更好的主厨、一个更好的领导者，或者说一个更好的人。我更加尊重和感激其他人和他们的付出。这次经历促使我信任他人。

谷物：你能从菜单上选出自己最喜欢的一道菜吗？不管是过去的还是现在的。

格兰特 · 阿卡兹：我选“劲爆黑松露”（Black Truffle Explosion），这道菜已经不在阿里尼的菜单上了，但是在“鸟舍”（Aviary）餐厅还有供应。对我来说，它永远都是特别的，它标志着我烹饪风格的开始：美学设计，感官体验，幽默感，惊喜。这些都是我们在过去13年为人称道的特质。这道菜出炉的时刻，我的心中充满了“啊哈，就是这样”的惊叹。

官网：*alinearestaurant.com*

天 空 之 城

建 筑 之 旅

文字：Justin H.Min　摄影：Carmen Chan

站在“第一夫人”号游轮的甲板上抬头远望，岸上楼宇的轮廓线勾勒出芝加哥130多年来建筑革新和实验的历史，以及许多美国最著名的建筑设计师的鲜明风格。钢结构建筑体系的发明将芝加哥这座风城变革成众多摩天大楼的诞生地。从1885年10层高的家庭保险公司大厦（Home Insurance Building）完工到现在，库克县有数以千计的高楼大厦，其中包括4座美国排名前10的最高建筑。在芝加哥河上朝密歇根大街巡游，一路上可以看见闪闪发光的箭牌大厦（Wrigley Building）、伯特兰·戈德堡积木似的马利纳城（Marina City）。夜幕降临时，西尔斯大厦（Sears Tower）的黑色铝合金外墙闪烁其间。这座城市丰富的历史和多元的文化传统已经铸进这些钢筋水泥和玻璃里。

Chicago Tribune

在布朗兹维尔的街道上

格温德琳·布鲁克斯的话

文字：Richard Aslan

她比20世纪多活了11个月零3天。人们把她葬在伊利诺伊州蓝岛（Blue Island）上的林肯墓园里，离芝加哥南部城区大约25分钟车程。“她是一位作家、妻子和母亲，为世界贡献了自己的力量。”墓碑背面写着她的几部代表作：《布朗兹维尔的街道》（*A Street in Bronzeville*），1945，这是第一行；《布朗兹维尔的男孩女孩》（*Bronzeville Boys and Girls*），是最后一行，为了节省空间被刻在边上空白的地方。她并非出生在这里，也没有出生在密歇根湖畔7点钟方位的内陆城区。从芝加哥往西南方向画条直线，依次穿过奥罗拉、门多塔、盖尔斯堡。顺着密西西比河拐个弯出了伊利诺伊州，从麦迪逊堡进入艾奥瓦州，穿过狐狸谷、印第安希尔斯、蛤蚌湾，到达密苏里州的锡布利。再穿过堪萨斯城外围，沿堪萨斯河岸经尤多拉、劳伦斯和莱康普顿，到达托皮卡——一片河水冲积成的网格状平原上的一个盛产土豆的地方。1917年的6月17日，就是在这儿，凯齐娅（Keziah）生下了她的第一个孩子——格温德琳·伊丽莎白（Gwendolyn Elizabeth）。6周后，大卫·安德森（David Anderson）带着妻子和女儿朝东北方向迁移。他们先是穿过了堪萨斯，然后是密苏里，再然后是密西西比，一直到了密歇根湖西南岸上的这座城市。

美国历史上第一次黑人大迁徙运动恰好开始于格温德琳出生前一年（1916年，迁徙运动大致开始的时间）。事实上，北方更冷，生活一样艰难，但终归是比南方稍微好一点儿，无论哪一方面。亚拉巴马、密西西比、得克萨斯、路易斯安娜和佐治亚首先搬没了。成千上万、数十万的黑人家庭都在搬家路上。到第一次世界大战结束的时候，已经有数百万黑人在迁徙的路上。一开始人们叫它“大迁徙”（A Great Migration），后来又叫它“南方大流散”（A Southern Diaspora）。当时，芝加哥是除纽约以外外来者最多的城市，也是格温德琳·伊丽莎白一生称之为家的地方。

这儿的水凉凉的。密歇根湖畔有低矮的混凝土围墙。岸上有树，有便道，还有高速公路、基督君王学校、湖滨公园大道、空置的广场和椭圆形绿地。用不了多久，这里的网状街道就会成形。从南马丁·路德·金基路左拐，驶入东珀欣路，再左拐到南盖莱勒路上。此时，路右边有一块空地，石板路的缝隙间长满了杂草，随风摇曳。烈日下的柏油路灰白破裂，油迹斑斑，条纹纵横交错。越过一个小坡，左拐。跨过干裂的人行道边，走出草地，前面出现一个大门，然后是一、二、三、四、五、六、七级台阶。接着就是一道孔雀蓝玻璃门，蓝色一直延伸到邻家粗犷的红砖上。玻璃上映出影子，外面是凸窗，里面是门廊，只有胳膊肘宽。不远处，在铁路桥生锈的铆钉下面，是一栋四层的棕褐色楼房，窗门半掩。沿着梯田似的山坡，楼房一层一层渐渐消失，只看见光秃秃的草皮。一根摇摇欲坠的水泥柱子，一座高架桥，一排尖木桩栅栏，这就是“布朗兹维尔的街道”。此时虽非1945年，但你只要眯起眼睛，就能想象出这幅画面。

她比雕像看起来严肃。不知怎么的，她本人看上去更老、更立体。她穿着一件灰绿图案的衬衣，上面罩着一件亮红色的夹克，头上绑着一条彩色三角头巾，还在脖子后面打了个结。她的身后是一尊青铜半身雕像，比真人大，“它很像我。”她对雕塑家说。“萨拉，谢谢你，”她打开一张折叠的方形纸念道，“让我的生命在这尊青铜像里得以延续，我会离开人世，它却不会消失。”屋子里响起掌声。在之前的一次采访中，她一头灰发，声音坚定，嘴角下撇。更早一些的时候，她戴着牛角框眼镜，手托下巴，声音在无线电波中发出吱吱声。“写作时，我只是想满足自我，但是写完了以后，我很愿意分享给别人。”

从东74街左拐，就到了南伊万斯街上。她的房子就在那里，外面是浅白色的护墙板，像个鸟蛋。穿过大门，迈一大步，就是一、二、三、四、五、六级台阶了，然后是一个漆成白色的门廊，前面有排格子架。中间有个门，门两边各有一扇窗，其中一扇比另一扇高，开到屋檐下。这栋房子是街上左数第8家，其实也不用数，找这条街上最小的房子就是了。有时候，门口会停一辆黄色公交车，送学生们去学校参观。格温德琳·布鲁克斯大学预科学院，位于东111街。格温德琳·布鲁克斯中学，位于南肯尼沃思大街。格温德

“写作时，我只是想满足自我，
但是写完了以后，我很愿意分享给别人。”

琳·布鲁克斯初中，位于华莱士大街。有人在铁栏杆上绑了个气球；有人手写了张纸条塞在门口的石头缝里；还有些人停下来，盯着看，上面是些摘选的诗句，他们喃喃读着，欲语还休。她若是还在，会从门廊里走出来，跟他们交谈，“我觉得这是我应该做的，跟所有感兴趣的人分享我对诗歌的热爱”。一群孩子吵吵闹闹地站在美国国会图书馆那些怒气冲冲的肖像画下面。每天晚上她都花数小时回复读者来信。“我鼓励所有认真写信的人，”她严肃地说道，停顿了一下，演讲厅里的一个学生认为黑人问题已经不需要讨论了，他们现在都是美国人，“肤色对每个黑人都有不同程度的特殊性，所以，每个黑人都有一个故事。”

在搬进这栋房子前一年，她发表了自己的第一部也是唯一一部小说《莫德·马莎》（*Maud Martha*）。再往前两年，她生下了女儿诺拉·布莱克利（Nora Blakely）。再往前一年，她成为第一个获得普利策奖的美国黑人。得奖前一年，她出版了第二本诗集《安妮·艾伦》（*Annie Allen*）。继续倒推下去，她搬进这栋房子时，距离她的第一本书《布朗兹维尔的街道》出版已经9年了；距离她的第一首诗《黄昏》（*Eventide*）发表已经24年了，该诗发表在《美国童年》（*American Childhood*）里；距离她第一次投稿已经26年了，“我觉得我必须写作，即便是永远无法发表。我知道我会一直写下去，享受写作的过程，迎接它所带来的挑战”；距离她第一次创作已经30年了，“我7岁的时候写下了自己的第一行诗，妈妈对我说‘你将会成为一个诗人’”。她在这栋房子里生活了40年。

她的作品中不怎么提到石板路、砖墙和门廊旁的一、二、三、四、五、六级台阶。1968年她获得了伊利诺伊州桂冠诗人奖，1985年她获得了美国国会图书馆诗歌顾问奖，1994年和1995年她还分别获得了美国国家人文基金会杰弗逊奖、国家艺术勋章，她还有弗罗斯特纪念奖章、雪莱纪念奖和全球范围内超过75个大学荣誉头衔。不过，这些荣誉还不足以形容她的名声。在一个幽暗的木板房里，她坐在椅子边上，身体紧绷，腿上的手握成拳头。在她身后是一张满是灰尘的沙发，明亮的台灯赶走了忧郁的气氛。她戴着一顶黑色针织帽，穿着一件柔软的合成纤维系扣毛衣，领子翻卷着。她的红绿赭色相间的裙子上满是圆点和波浪线，包裹住了膝盖。她保持微笑，时不时咽下唾沫，眼镜折射出相机镜头里的光，当跟她对谈的人在椅子上挪动时，那道光也跟着变幻。她笑了笑，摇了摇头，说：“我一般不会叫一个人‘诗人’，我不知道‘诗人’的准确含义是什么，人们对这个称呼的反应非常有意思。”

为烤培根的母亲写的歌谣。带着鸡蛋和酸奶饼干的女佣。被打断的幸福。仇恨注入美丽的鲜花。晚上穿黑丝袜的坏女人写的四行诗。脸上涂满油漆的女人拄着拐杖穿过街道。男孩儿打碎了玻璃，这里押不上韵了，收垃圾的男人，在第9行，杰西·米切尔的妈妈，在第24行。一双黄色鞋子意味着这人认为晚餐只是一顿便饭。温水，昨天的垃圾在大厅里散发着腐烂的臭味。一个好人，一个独立的男人，人们见过的最丑的小男孩儿。在她的遗嘱里，他在亚拉巴马出生、伊利诺伊长大，他只是个黑皮肤的普通男孩儿。“关于黑人，要讲的故事很多。”她说，“真正的爱的故事，涵盖任何年龄段的人。”她笔下的穷人时刻在劳作，面容丑陋，组成一幅粗粝的群像画。他们皮肤黝黑，嗓门粗大，无法驯服，不知道什么是谨慎。她说，活着不是为了赢，不是为了唱完一首歌，而是为了在一起。“如果你想写诗，你只需要朝窗外看一看，永远有人在走，在跑，在奋斗，在尖叫，或者在歌唱。”

采访她的人在镜头之外，声音年轻，充满热情。这位面容严肃、肩膀宽大的伊利诺伊州桂冠诗人的直率让人敬畏。他问道：“我很想知道您朗读自己的作品时是什么语调。”她不假思索，落落大方，眼神坚定，气定神闲。“我们真的很酷。我们是个左派学校，”她猛吸一口气，“要是迟到了，我们就直接罢课。”她停顿了下，眼睛直视前方，总结道：“有一天我路过一个室内游泳池，看见7个男孩儿在往池子里撒尿。”她又顿了顿，“我能看出他们很没安全感，不信任社会，所以他们会往体制的脸上吐口水。”她眨了眨眼，这座城市的所有荣耀、落魄以及为生存而战的喧嚣都在里面。她笑了。

水 中 船 影

密斯·凡·德·罗的范斯沃斯住宅

Reflective Vessel

MIES VAN DER ROHE'S FARNSWORTH HOUSE

文字：Matilda Bathurst　**摄影：**Rich Stapleton

最好的想法终究没有变成现实。他们只用了当初的蓝图和模型来建造这栋房子，在一个免受现实污染的环境里将其保存下来。不过，这并不是说路德维希·密斯·凡·德·罗（Ludwig Mies van der Rohe）设计的1951年完工的范斯沃斯住宅是一个失败的作品。正相反，它是20世纪中叶国际主义风格的完美典范。

这栋房子位于芝加哥西南部大约80公里的地方，普拉诺福克斯河边。顺流而下，树林间隐约出现一栋屋子：未经修饰的水平建筑物，强调视觉平衡而非对称、容量而非体积。三个水平面——屋顶、地基和底台比例相同。八根细长的钢柱支撑了整栋建筑，地基高出地面1.5米。两侧的悬浮台阶像是浮在空中，玻璃墙占据了空白空间。这栋房子是一个独立的系统，自成一体，像一幅三维空间素描，毫无重量感。

不可否认，房子的油漆有点儿爆裂，地基也已经被洪水泡过。差不多每隔7年，这栋房子就会漂在水里，就像一艘船，倒映在水中。然而，范斯沃斯住宅依旧称得上完美。1947年，密斯在MoMa艺术中心展出了这个建筑的初期模型，其中最值得注意的一点是，整个建筑都不用树脂。除此之外，其内部设计并没有得到太多关注。这似乎并不是专为居住而设计的空间，从某种意义上说，这栋房子从来就只是一个概念，想将其用于居住都会以失败而告终。

这栋房子的投资人是诗人兼医生伊迪丝·范斯沃斯（Edith Farnsworth），她最初希望建造一栋住宅。1945年她与密斯在芝加哥的一个晚宴上相识，两人相谈甚欢。范斯沃斯富有、勤奋、雄心勃勃。彼时她刚买了块地，想盖栋别墅度度周末。而密斯刚就任伊利诺伊理工学院建筑系主任，正在寻找他在美国的第一个项目。菜还没上到奶酪这一步，二人就一拍即合。

接下来的5年里，范斯沃斯和密斯成了非常好的朋友，以至于有人传言他们是情人。他们一起野餐，看戏。她在温暖的下午参观施工现场，他喝着马丁尼躺在躺椅上像个君王。没有合同，范斯沃斯全权委托密斯负责所有的采购和工人，给他完全的创作自由，追求理想。密斯的极简主义并没有节省成本：特别的木地板是定制的，浅色板材是专门从意大利运来的。成本上升到了预算的两倍，范斯沃斯开始警惕密斯毫无节制、挥霍无度的创造力，拒绝支付超额费用。他去法院告她，而她也控告他不专业。今天我们看到的这栋房子便是这些冲突的结果，它是一件展品，是一个无人居住的岛屿。

定制设计一所住宅是用想象塑造一个理想建筑，房子及其居住者的故事是由理念和经历架构的。伊迪丝·范斯沃斯怎么可能自己想象出一个理想居所的结构？这位身高1.83米的高个子女士，会从客厅、厨房移动到卧室，然后再回来，来回巡视，在各处自由行走。月光透过褶皱的山东绸窗帘，使坚硬的钢结构建筑柔和了许多。这将是她自己的房间，一个让她忘记了行医的紧张与压力、致力诗歌的地方。按计划，室内设计本应是现代风格，然而其最终没有实现。原本会有个空间专门陈列她收藏的亚洲艺术品，她的两只贵宾犬会蜷在她继承的厚重家具上。也许她还想象过与另一个人共享这个空间。那个人可能是，也可能不是密斯。

“顺流而下，树林间隐约出现一栋屋子：
未经修饰的水平建筑物，强调视觉平衡而非对称、容量而非体积。”

现在让我们假设范斯沃斯确实住在这栋房子里。如此一来，她注意到的第一件事情就是从窗户里看到的河景——三分之一地面，三分之一河水，三分之一天空，这比例于她并不合适。密斯身高只有1.73米，视角是以他自己的高度设计的。她在哪里放衣服？密斯的极简主义没有考虑到实用性。大理石地板下面虽然有地暖，但在严冬寒夜里还是不暖和。而在夏天，她得把床移到上面的屋顶上。1954年房子第一次被水淹时，所有的丝绸窗帘都被毁了。她换成了竹子百叶窗，以躲避记者、游人、建筑系学生和摄影师的窥探。人们从一开始就对这个引起巨大争议的现代主义作品万分好奇，都想看看传说中的完美主义是什么样子。

20世纪60年代后期，范斯沃斯决定把房子卖掉时，有人说密斯可能会买下来。不过他后来还是没买，理由是完美的东西最好从远处欣赏。建筑收藏家彼得·帕伦博（Peter Palumbo）勋爵成了买主，他住在普拉诺一栋19世纪的联排大别墅里，将这里用作他的艺术品收藏馆。1996年洪水暴发，冲破了玻璃墙，沃霍尔和毕加索的各一幅作品均被冲走。

这栋房子目前存在的意义，在于它体现了一种不可实现的理想。它是一个梦想，遥不可及。你可以花2万美元，在这里度过一个浪漫的夜晚。布拉德·皮特主演的日本牛仔裤广告曾在这里拍摄。现在这里正在拍电影，玛吉·吉伦哈尔饰演范斯沃斯，杰夫·布里吉斯饰演密斯，演绎关于这栋房子的恩怨情仇。然而，不管喧嚣如何扰乱这里的寂静，这栋房子和它的故事之间总有一个错位，像是玻璃反射的光，解释不了发生的一切。洪水来的时候，先进的液压系统会把整栋房子抬高，内部设施保持不变，玻璃完好无损。在现在这个时代，一个完整的艺术概念值得被保留下来，即使它只是个蓝图。

官网：*farnsworthhouse.org*

图根哈特别墅，布尔诺，捷克共和国

密斯·凡·德·罗作品

插画：Frédéric Forest

克朗楼，芝加哥，美国

巴塞罗那德国馆，**巴塞罗那，西班牙**

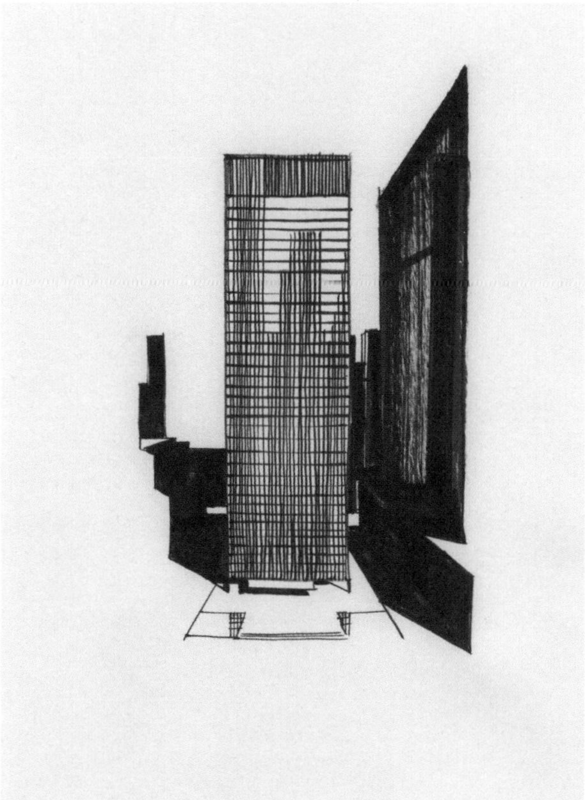

西格拉姆大厦，纽约，美国

I

艺 术 与 设 计

德克·布赖克曼

记一次采访

文字：Alice Cavanagh　**摄影**：Dirk Braeckman

摄影师德克·布赖克曼（Dirk Braeckman）刚刚从第57届威尼斯双年展回来，他在比利时馆办了场展览。这位佛兰德斯艺术家没有在威尼斯到处转悠，也没有去看其他展览。他去那儿纯粹是为了工作，你能想象到，他对自己的每张照片都全情投入。他的作品常常抽象而即兴，在暗室里获得重生。他不知疲倦地进行各种实验，甚至在照片拍完后的几十年里还持续不断完善，在各种灰度和质感间制造细微差别。今天，在他根特的工作室里，我们见到了身穿黑色皮夹克，头戴黑色帽子，帽檐上还架着一副眼镜的他。他坐在桌子后面，桌上放着一杯黑咖啡，旁边还有一根香烟。

谷物：你有多少未冲洗的胶片？

德克·布赖克曼：成千上万。我从来没整理过，都是直接挑着胶片洗。胶片其实只是中间一环——我以前从来没有真正注意过它们，但是现在我开始整理，做些数码扫描工作，从中发现了很多新东西。我的工作室里有一张10年前的照片，是我在地板上找到后冲洗的。你在照片上看到的白色斑点是胶片上的灰尘，我不想清理，就想保持原样。这是对无法控制的事情的一种处理方式。

谷物：你的许多作品都是模糊的，比如那边那张，看起来像是一处风景……也可能是张桌面。

德克·布赖克曼：（笑）是的！就是这意思。我总说我是个图像制造者，而非故事讲述人。即便如此，人们还总是问："那是什么？"我们好像就是需要一个故事或者参照点似的。

上页
27.1 21.7 041 2014

本页
G.P.-P.O.-09

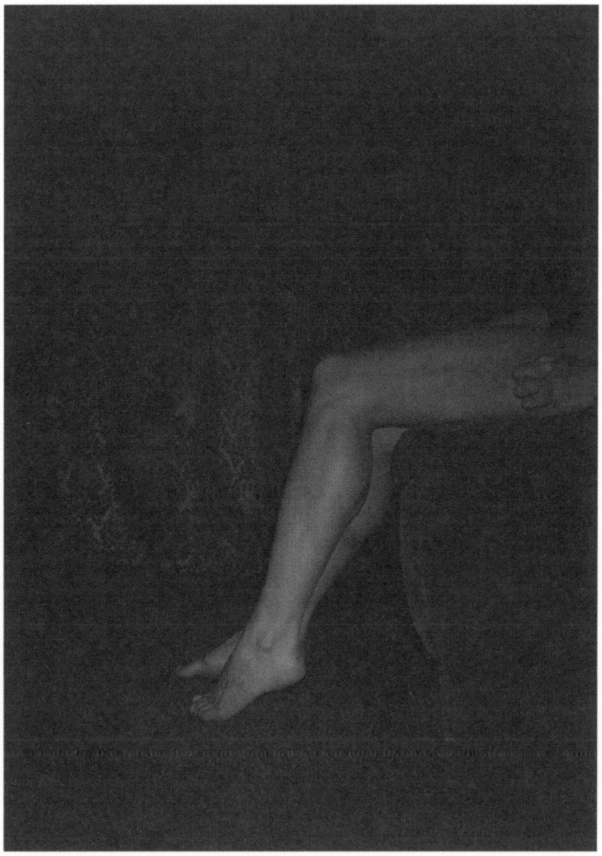

本页
27.1 21.7 023 2014

下页
N.P.-J.W.-05

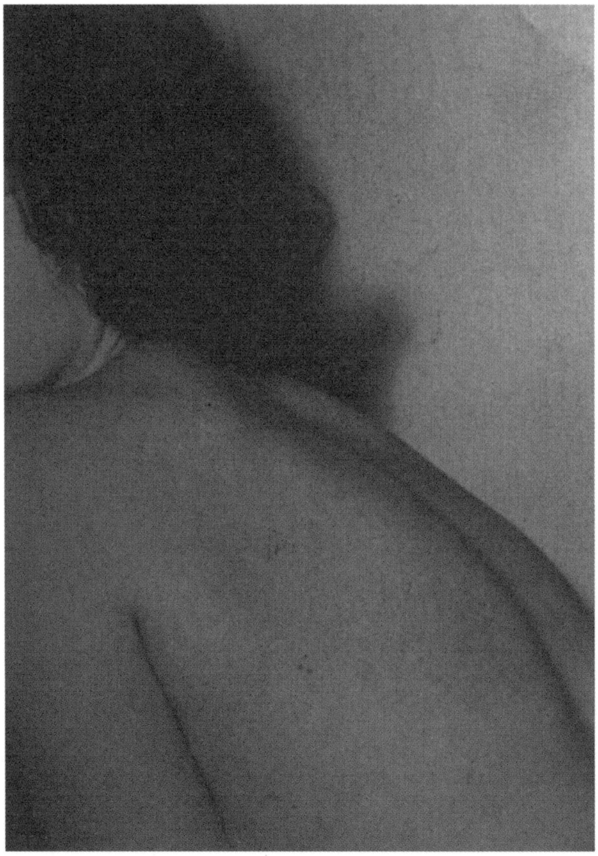

本页
Z.B.-L.B.-13-2013

下页
R.E.-R.A.-08

谷物：准备一个像威尼斯双年展里的作品展这样的展览一般要花多长时间？

德克 · 布赖克曼：那场展览展出了22幅作品，我在威尼斯待了10天，其间办开幕派对，接受采访，最后整理作品。创作作品本身的时间各不相同，这完全取决于冲印出好照片的时间长短。有时候很快，有时候花很多天。这不是件拍完印出来就完了的事。

谷物：我猜你经常一整天都待在暗室里。

德克 · 布赖克曼：没错，有时候甚至整晚都待在里面。我虽然也留意艺术界和摄影界正在发生什么，但进了工作室，我就会努力忘记一切。我工作时大都听音乐——从古典乐到高科技舞曲我都爱听。许多时候我进暗室就是为了听音乐，顺带的结果是冲印了照片，我可不是为了冲印照片才听音乐。

谷物：你在根特长大，这座城市对你的工作产生了什么影响？

德克 · 布赖克曼：现在这座城市非常安静，但是我年轻的时候它不是这样。那时候的根特有点儿脏，到处是夜生活，街上汽车很多。现在城里又整齐又干净，我真是惊讶极了！我喜欢把它比作20世纪七八十年代的纽约。纽约以前也很粗糙，现在却安全又干净。我相信这个变化对我也有影响。

谷物：你经常旅行吗？

德克 · 布赖克曼；我有时间就尽量去旅行，但现在父母年纪渐长，旅行已经不是那么容易的一件事了。过去我旅行，绕来绕去似乎总回到同一个地方。八九十年代我住在巴黎，在马赖（Marais）的国际艺术城里开了间工作室。我在报纸上发过一条广告，找人当肖像模特，有四五十个人回复。那时候我一点儿名气都没有，他们不知道我是谁，冒了很大的风险。即便是现在，我依然与其中一些人有联系。

谷物：你怎么知道一张胶片该冲洗了？

德克 · 布赖克曼：我一进入暗室，就尽量停止思考。我只有翻阅胶片时才做取舍，然后再把它们放一放，避免感情因素影响决定。我只想根据图像选择胶片。有时候我都不记得它们是在何时何地拍的。所以，就是对我来说，它们也已经是抽象作品了。

谷物：你冲洗照片时是什么感觉？心里会经历什么历程？兴奋吗？

德克 · 布赖克曼：有时候，从它还只是一个影子开始，我就知道它会变成一幅好作品。但是其他时候，过程非常痛苦，我要冲洗10次才有感觉，这就变成了一场战役。

谷物：你是那种每时每刻都在拍照的人吗？

德克 · 布赖克曼：我时常对自己胶片的数量感到惊讶，因为我拍得并不多。虽然我可能有段时间每天都拍照，但我不是那种整天拍照的摄影师，我有时甚至很长时间都不碰相机。旅行时我也并非没完没了地拍照。有时候我必须先找到感觉，才能看出哪里可以拍，也有旅行回来什么都没拍的情况。

谷物：你不工作时做什么？

德克 · 布赖克曼：我没什么爱好。读书，但不多。我有个问题，就是脑子里总想着胶片，完全停不下来。我没法安静地坐上两小时。摄影是我的全部，我还没有完成它。我想用它做很多事，每天都是一场新的冒险、新的体验。我喜欢这样。

官网：*dirkbraeckman.be*

弗洛里安·庞鹤松

一场关于艺术实验的对谈

文字：Ruth Ainsworth　摄影：Iringó Demeter

“我不喜欢工作量太大，”弗洛里安·庞鹤松（Florian Pumhösl）告诉我，“这样会造成那种典型的‘艺术家工作室’的混乱。”弗洛里安不是一个容易定义的人。他继续说道：“可是我喜欢这间工作室，这是一个迷人的地方。”这里曾是19世纪一家巧克力工厂的展厅，现在他的工作室扩建到了整座建筑的前面，有高高的天花板和两个拱形窗户，暗淡的镶木地板上轻涂了一层石膏。

两张大桌子中的一张上放着“无声”系列作品中的一件深红色浮雕，其表面有着粉末似的天鹅绒般的质感。“这是一件酪酸涂料作品，美丽柔和的颜料突出强调了颜色。”弗洛里安对红色的痴迷已有4年。颜料是极其微妙的，这件作品是他带回工作室修复的。他说：“我看了莫里斯·梅洛－庞蒂的一篇文章，真是精彩。”他指的是《可见的与不可见的》（*The Visible and the Invisible*，1964）里的一段文字。“他将红色描述为只能通过记忆或经验聚合在一起的颜色。它能唤起我们对屋顶、波尔多红土地或马达加斯加红土地的记忆，它是革命的色彩……红色可以产生如此多的关联，以至它只存在于艺术家和观者之间，是种想象。”颜料的粉尘落在工作室的每个角落，在白色地面上投下粉红色的光，这是弗洛里安为找到完美色调进行了数百次实验的痕迹。他说：“颜色随着光线和拍摄方式的改变发生了很大变化。这是梅洛－庞蒂文章里描述的情况在现实生活中的例子。”

我问弗洛里安他的工作室里最不能缺什么，他斩钉截铁地回答：“铅笔，或者任何类似铅笔的东西。”绘画一直是他的“基本技能”，是一种“持续不断地试图把控事物的方式”。他的作品完成后往往与空间有某种矛盾关系，在二维、三维之间游移。“我爱用印花和石膏。某种程度上我颠倒了原则，不知怎么的，浮雕成了艺术。”他解释道。

一排小型白色石膏作品挂在后墙上。“这只是些遗留物。”他最近受邀在威尼斯V-A-C基金会做了一场系列展出，重建埃尔·利西茨基（El Lissitzky）的“传奇”建设性艺术空间（1926年建构主义艺术空间）。他大约创作了50件作品，从中选了5件参展。这一系列是弗洛里安的代表作品，表达了他创作的主题，即与艺术史上正在兴起的其他现代主义作品的关系。在我们的谈话中，他提到了与其实践有关的艺术家，如皮特·蒙德里安（Piet Mondrian）、华金·托里斯·加西亚（Joaquín Torres García）、拉斯洛·莫霍伊－纳吉（László Moholy-Nagy）、乔治·万顿吉罗（Georges Vantongerloo）、布林奇·巴勒莫（Blinky Palermo）和阿格尼丝·马丁（Agnes Martin）。他解释说：“我创作这个系列以回应埃尔·利西茨基的不可思议的空间。这个系列使各种可能性变得不可能，因为我用的任何元素都略显陈旧，只是引用了现代主义。而问题是，我能找到一个没有被现代主义浸透的地方吗？现代主义把色彩、构图都排除在外，所以这个系列只能更建筑化，更偏离画面空间，变成一个模块化的作品。”

看来，对弗洛里安来说，一件艺术品只有在非常狭小有限的空间里才能存在。他在非传统历史的空间范围内创作作品时，故意混淆了空间的概念。他寻找不规则、有问题的部分，以发现美：“我创作时，不再有意识地理解作品与现代主义和艺术史之间的关系。我不想放弃这种风格。它有助于将个人经验注入创作过程中，也提供给我足够复杂的艺术词汇，以确保作品的不可复制性。这就是艺术史叙述中‘皮肤之下’的东西，我对此非常敏感。”弗洛里安在复杂的概念间游刃有余，他提出概念，并从概念的复杂性中提炼出难以捉摸的定义。他说，这看起来毫无关联，但同样有价值。

“最近我创作了一些永久性的作品。我不清楚哪里是真正的停止或开始，但我经常在过程中寻找什么是

真正的作品，什么不是。遇见某些可能，认识各种意想不到的表达。当我们相遇了，我们就解脱了。”他说到最后一句时笑了笑，这种解脱感并不会持续太久。

弗洛里安常去的咖啡馆离他的工作室只有一分钟的路程，我们在外面找了张桌子坐下来。“在后现代主义的环境下，包括我在内的很多人都试图通过研究现代主义而与现代主义产生联系，研究现代主义与建筑、政治等之间千丝万缕的联系。”他继续说，“我在某个时间点上似乎已经找到了这种联系。我觉得我有必要多关注美学和方法论。我更想发现语言和美的可能，而不仅仅是评论。”

路上汽车摩托车的噪声与弗洛里安字斟句酌的平稳语速形成鲜明对比。他一生的大部分时间在维也纳生活、学习和工作，但他说：“在哪个地方并不重要。我开始创作的时候，艺术和艺术展正日益成为国际交流的主题，也许这就是我从未离开维也纳的原因。维也纳并不是我的灵感源泉，只是我住的地方。尽管处在欧洲中心，维也纳却像飓风中心一样平静。”留在维也纳虽然是出于实用主义，但弗洛里安仍是维也纳艺术界的积极分子。他是分离派的领头人物之一。分离派是1897年由古斯塔夫·克利姆特、科洛曼·莫泽、约瑟夫·霍夫曼和约瑟夫·玛丽亚·奥尔布里希等艺术家创立的实验性当代艺术团体。他说：“从某种意义上说，分离派是艺术史上第一个‘白立方’。这是一个非常美的空间，它是如此有代表性，以至于对每个国际化艺术家都是一个挑战。”弗洛里安非常忙，他的作品在世界各地展出。他目前正筹划一个新系列浮雕展，我问他这些作品是否还会延用红色，他回道：“不告诉你。”

弗洛里安以重视艺术史和理论著称，他的作品同时也有很深的诗意。他的最新系列作品是想在不规则河流或运河上“即兴创作”。“运河的走向需要考虑土地和不规则的现实条件，得流经各种建筑。”这与他的艺术实践理念是一致的，正是这种理念造就了艺术史现有的框架。在弗洛里安主动创造的矛盾中，真正的作品产生了，就像梅洛-庞蒂的红色一样，永远在变化。它的环境、背景和观众都是动态的。弗洛里安雄辩地总结道：“抽象是一种思想体系，它可以从代表性、先占性、意义和文本中解放出来，同时对各种定义都有一种吸引力。在结构和无形之间有一个不变的玩法，那就是这个空间是我能想到的最接近自由的东西。”

官网：*lissongallery.com*

宁 静 空 间

走 访 文 森 特 · 范 杜 伊 森 的 家

Calming Space

A VISIT TO VINCENT VAN DUYSEN'S HOME

文字：Lucy Brook　**摄影：**Rich Stapleton

比利时建筑师文森特·范杜伊森（Vincent Van Duysen）非常健谈，就像是一本打开的书，他从不给作品打上神秘的光环，即使在最小的细节上也是如此。举个例子，当我问到后花园那堵大高墙上多久才能爬满常青藤时，他马上开始跟我解释，一直说到了这些植物的拉丁名（如五叶地锦、弗吉尼亚爬山虎），并详细介绍了不同季节的修剪技巧。不过，言语上他虽广谈博论，作品创作上却相当简洁。他将自己对这些细微之处的广博认识融入创作设计中，使其回归本真，又充满温暖、优雅和感性。这是他的招牌，客户们蜂拥而至。

“在我看来，建筑就是舍弃多余，打造一个宁静的满足基本所需的空间。”我们来到他安特卫普的家，坐在客厅里和他聊天，旁边的腊肠犬加斯顿和露露打会儿瞌睡就跑到前门汪汪叫几声，然后再跑回来又开始睡觉。“见新客户时，我想了解他们是谁，如何生活。我试着透过现象看本质，读懂他们的想法。我明确自己想要的东西时，会口头传达给我的团队，自那之后，就是一个互动的过程了。”

尽管范杜伊森的作品非常多元，但从25年前完成的第一个住宅项目一直到现在，他的理念一直没变，那就是营造宁静的空间，放松一切感官。他说他现在的设计美学——平衡的空间，有层次的房间设计，相得益彰的户内户外，隐秘的花园，周到的室内设计，跟最初的完全一致，从没变过，最好的例子就是这栋他住了十多年的房子。这是一个10米×11米、天花板高近5米的大房间，米色有质感的墙壁和错落有致的家具使这间起居室看起来亲切又温暖。在暖和的月份里，打开后门就能看到一个典型的范杜伊森式秘密花园，里面有方形游泳池和高耸的绿植大墙。螺旋形的奶油色楼梯是房子的中轴，连接起楼上楼下的卧室、起居室，以及书房和顶层的阁楼。这个触感美好的空间里有裸露的木梁和一个隐秘的人造石浴缸。“我喜欢隐秘的细节设计，”范杜伊森解释说，“我不喜欢把所有设计都亮在明处。”

很明显，我们在他的所有代表作里都能看到这种对细节的重视，如亚历山大·王的伦敦旗舰店、汉堡的伊索商店、安特卫普壮美的Graanmarkt13公寓。范杜伊森也设计室内装饰、家具、陶瓷和照明用具。他最近刚被聘用为家具品牌Molteni & C的创意总监。

范杜伊森虽在比利时学的是建筑，但他在职业生涯早期，却沉迷于家具和室内设计。55岁时，他已经在市场上极具影响力。2016年，他赢得了比利时室内设计双年展年度最佳设计师大奖。如今，他有一个25人的团队，做住宅、商业建筑和家具设计。“大家认可我的工作，”他谈到他的受欢迎程度，“我正处于我职业生涯的顶峰。”

范杜伊森不怎么关心时尚，他对自己的所有项目都投入了深厚感情：“我对微妙的变化非常执着、非常坚持。我不相信流行，从来没有相信过，我连现在流行什么都不知道！尽管我涉足很多领域，但主要焦点仍在住宅上。是它让我将自己对家的热爱也投注在其他领域的创作中。人们认为我对家的热爱给其他领域的设计也增加了一分柔软的情感和诗意。”

对他而言，建筑不只是建筑物和结构，更是生活的艺术，这在繁忙的数字时代显得尤其重要。“现在一切都要求快、即时、立刻满足，我对此完全反对，我认为了解我们自己是谁更为重要。”不工作时他生活得很安宁，有时间就去健身房（“我需要内啡肽”），在家中冥想、阅读和放松。“这栋房子是处避难所，将我和外界隔开。我在一个寂静、安宁、没有过多刺激的空间里生活。”

当被问到他和他的比利时同事最擅长的建筑风格时，他说：“我很佩服阿克塞尔（即阿克塞尔·维伍德），他的设计有种美感，他用一种独特的方式使用纯材料。他一开始就是这种设计，后来他又将自己对艺术、古董的理解和他醉心的禅、侘寂整合在了一起。”但是，当涉及具体的比利时风格时，他揉了揉鼻子：“作为一个门外汉，你可能会觉得比利时设计注重原材料和色调，非常冷静，但我觉得这很做作，”他皱了皱眉头，“我想离那种风格远点儿，我觉得那很庸俗。”

“我会一直追随我的直觉和情感，我不愿做一群人中的一个。”他耸耸肩。当然，以他如此广泛的工作范围来看，他似乎已经超越了边界。“有人说我不是建筑师，而是装饰设计师或产品设计师。说实话我不在乎。在我看来，做外部的架构容易、直接，但没什么意义。我永远都不想做那样的建筑师。我认为建筑师的任务和使命是提高人们的生活质量。”

官网：*vincentvanduysen.com*

MIES
The Dada Painters and Poets
PARIS LIVING ROOMS
Yves Saint Laurent
CHARLOTTE PERRIAND
RYAN McGINLEY
ANSELM REYLE ARS NOVA
Live Forever Elizabeth Peyton
JAMES TURRELL
DAVID ALTMEJD
CELEBRITY PETS

“建筑就是舍弃多余，打造一个宁静的满足基本所需的空间。”

苏 格 兰

英国

S C O T L A N D

UNITED KINGDOM

爱丁堡

城市肖像

摄影：Robbie Lawrence

帝 国 夜 未 眠

高 尔 夫 之 乡 的 颂 歌

Insomnia in the Kingdom

A HOMAGE TO THE HOME OF GOLF

文字：Sean Hotchkiss　**摄影**：Rich Stapleton

我从睡梦中醒来，不知身在何处，彼时是我在法夫王国的第二个清晨。床边时钟上的指针刚过4点，酒店套房的厚窗帘密密垂着，只有大窗户的角落里有一抹橘色漏进来。我走到离床最远的窗户边，推开酒红色窗帘。外面的天空像是着了火，粉红、橙、黄，似烧着木柴的火炉。越过宽阔的阳台向外看去，是世界上最著名的高尔夫球场——圣安德鲁斯老球场。平坦的棕绿色草地延展开来，老球场在暗紫的夜色中若隐若现。我的视线沿着起伏的地形、低矮的树丛和火山口般的凹地一路向前，一直延伸到圣安德鲁斯湾玻璃般平滑的海面上。海面映照出天空熔岩般的颜色，这是科幻电影《末日浩劫》中才有的火星景观。

我知道，黑夜中来自世界各地的球友正在准备出门打球，他们系紧钉子鞋，收置好雨具，清洁球杆的铁头。过不了多久太阳就会完全升起，照亮天空，而我肯定又会在这个高尔夫天堂边上睡去。

我童年的一半时间是在高尔夫球场边上睡过去的，我的父亲和继母几乎长在美国缅因州一家私人俱乐部的14号球座上。每到傍晚，我就穿过我们屋子后面的茂密树林，悄悄溜进球场，在暮色将尽时打完一杆又一杆。12岁的时候，我们家成了俱乐部会员，我迷上了高尔夫。高中时我是学校高尔夫球队的联合队长，在南卡罗来纳州希尔顿黑德岛的国际青少年高尔夫学院训练了一年，又在纽约西部的大学里打了两年。那时候我住在曼哈顿，放学后回家写博客，报道时尚流行趋势，帮一家美国时装公司设计高尔夫服装。高尔夫曾是我的命、我的生计，只是后来发生了这样那样的事，高尔夫逐渐离我远去。

当我听说今年春天要去圣安德鲁斯游玩时，我努力争取这个机会。即便我已是个失败的高尔夫球手，但圣安德鲁斯对我来说仍是神秘圣地，是我曾经全情投入的事业的起源和巅峰。这个神话般古老的灰色小镇，是苏格兰王室与古人的发源地，出过两位同名世界冠军，他们都叫汤姆·莫里斯（Tom Morris）。在这里你还能偶遇迈克尔·墨菲（Michael Murphy）的奇幻小说《高尔夫王国》（*Golf in the Kingdom*）里的神奇职业球手希瓦斯·艾恩斯（Shivas Irons），小时候我曾经点灯夜读这本书。这里是高尔夫的故乡。我曾幻想在午夜阳光下，跟着一个嘟嘟囔囔的带着苏格兰口音的球童，一直打到臭名昭著的17号路洞（Road Hole），再跨过斯威肯桥（Swilcan Bridge），拼尽全力打出80杆以下的成绩。唉，幸亏高尔夫选拔制度很公平，我们又是在盛夏来到苏格兰的，否则我真的会输得很惨。我在迪克斯（The Dukes）球场预定了一个开球时间，迪克斯是球场满布的圣安德鲁斯镇的九大球场之一，就这样我高高兴兴地开启了朝圣之旅。

我们抵达卢赫斯火车站时正在下大雨。“要是你连这样的天气都受不了，那你就没多少机会打高尔夫了。”司机把我们带到老球场酒店，路上给了我们这一真诚忠告。酒店是栋古老的香蕉色大楼，毗邻广阔的球场。我们住的套房以南非的高尔夫传奇人物加里·普莱耶（Gary Player）命名。当我们拉起酒红色的窗帘时，浓雾中球场在我们下方铺展开来——这里有超过260年的高尔夫历史啊。我们一路从纽约过来，舟车劳顿，筋疲力尽，也没有一把像样的雨伞，最后只好取消了下午迪克斯球场的球。我和我的旅伴在柔软的床上睡了香甜的一觉。

第二天早上，因为没能在老球场上练习练习、打打球，我感到很沮丧。我们决定探索圣安德鲁斯镇上跟高尔夫无关的景点。我们走进古色古香的鹅卵石小路，观赏这里的灰棕色建筑、蓝色百叶窗。中午在嬉皮士风格的亚当森餐厅狼吞虎咽地吃了鳕鱼烩饭，酒足饭饱后，我们跌跌撞撞走到了苏格兰过去最大的教堂圣安德鲁斯大教堂长满杂草的遗址上。我们凝视着海湾边的海堤，想象自己是英格兰王室成员，正激动万分地等待即将到来的无敌舰队。沿着海港的石头防波堤，我们在北海上享受了一会儿安静时光。回到镇中心的时候，太阳瞬间穿透云层，法夫王国瞬息万变的天气给了我们一个大大的惊喜。

那天晚上时差依旧困扰着我们。在尘土飞扬的吉格酒吧（Jigger Inn）喝了一杯，回酒店的水疗中心游了个泳，蒸完桑拿，我们才算是清醒了一点儿。晚餐在路洞餐厅，菜很可口，我们边吃边听旁边桌上4位半醉的游客叙述他们史诗般的一场球，欣赏着变幻莫测的夜空，度过了一个愉快的夜晚。

晚上躺在床上，我久久不能入睡，脑子里重新组合了墨菲书中的场景：来场夜间漫步，追寻高尔夫精神；在专业商店里买根沙杆，猛挥杆，“撞墙”（bump），在黑暗中穿过可怕的“罪恶谷”，知道自己只要以相同的角度转身，就能像著名的尼克劳斯、帕尔默、福多或者伍兹一样向前大迈一步。然而，柔软的枕头找到了我，我陷入了软绵绵里，最终睡着了。醒来时天已大亮，我盯着古老的高尔夫球场、头顶上超现实的红光，不禁自惭形秽。我已经抛弃了高尔夫之神，历史看得一清二楚，我得做出补偿。

官网：***oldcoursehotel.co.uk***

OLD
COURSE
HOTEL
ST ANDREWS
GOLF RESORT
& SPA

从北海到设得兰

石油的故事

文字：Richard Aslan　摄影：Robbie Lawrence

每条街道都是一个讲述者。故事发生在停车场和鹅卵石短道上，发生在地上黄色的交通标志线和夏洛特堡的枪炮射击点上。历史可追溯到水边，哈拉尔国王和埃里克国王住过的有干净的窗户和厚重的灰泥墙的圣奥拉夫街上。故事挂在码头粗糙的板木上，紧挨着为避免碰掉船身上的油漆而系挂的轮胎。在海上四散的面包屑里，海鸥睁着恐龙一样的眼睛盯着游客，争抢食物；燕鸥一个俯冲，转身飞向天空时嘴上已叼着一条蠕动的银色小鱼。从梅恩兰岛到布雷赛岛，机动船要突突冒烟跑8分钟。诺斯岛和布雷赛岛被一条狭长的海湾分隔开来。故事就发生在沉没的小木屋的废墟上厚厚的苔藓中、羊蹄宽的小路上的羊粪里、挪威国王晃动的圣诞树枝上。每张渔网都是一个主角，每袋羊毛都是一个演员。而站在舞台中心的是石油，这也是一个故事。

故事是从树林的地面上充满叶绿素的光合作用的气泡开始的，然后是浮游生物的尸体、骨骼、触须和脊柱。这些东西随着水流缓慢移动，被隔断了阳光。它们最终沉积在海床上，成了厚厚的一层。沉积物被水带入海底，时机一到，便形成厚厚的“毯子”，将氧气密封在里面。海洋深处的压力越来越大，强烈的热能使有机化合物发生变化。它们被“慢火”炖着，先变得像蜡一样，然后越来越黏稠，渗入多孔的岩石里面。液态的石油通过岩石的裂缝和“蜂窝孔”向上流动，当流到没有缝隙的坚硬岩石下面时，就再也不能往上，只能流回海里了。石油越积越多，在所有可能的空间里聚集。因为无处可去，它们只能留在那里，等待着，沉默着。

石油在地下等待着。上面的海里人们在浅水区捕鱼、垂钓，先是鳕鱼，然后是鲱鱼。石油在地下等待着，上面的岛屿上人们放牧，绵羊成群，风吹过灌木，一片荒凉。枯萎病把所有的叶子和根都变成了烂泥；飞机在天空盘旋，发动机轰鸣，战火四起，电闪雷鸣，石油仍不为所动地等待着。直到第一次试探性的钻探刺穿海底，石油才终于苏醒，搅动起来。

就像运动中的碎玻璃一样，北海的海底也裂开了。数不清的裂缝呈圆形、螺旋形上下回旋，旋转上升，最后破土而出。鸬鹚A号钻井平台深深插入海浪里，黄色的平台上满是黑色的大写字母，锈迹斑斑。风将水变成喷雾喷洒在高空中。平台上布满脚手架、电缆、导管和管道，悬挂在粗大生锈的架子上；中间齐腰高的是走道和梯子，起重机悬吊在起伏的表面，基塔直入云霄。更高的A型钢架、脚手架上，火焰熊熊燃烧，在风的吹动下就像一面红旗，油烟滚滚。

铁索能固定平台，抵御潮汐和风暴。井钻的三个扁钻向下挖掘旋转，挖穿水、沙子和岩石，准确抵达目标。这处珍贵的油田是峡湾和湖泽之间南北一字排开的数百个油田之一，假设有一条地区分界线，它们各占一边，原来的边缘地带变成了中心，在一大片汪洋里成了标志点。石油第一次通过钢筋混凝土套管的推动上升，亿万年的压力释放出来，为苏格兰、英格兰和挪威沿海炼油厂的船队提供了燃料。现在，来自锡斯尔、默奇森、邓林、特恩和艾德河的原油，通过数米厚的管道汇集在鸬鹚A号钻井平台上，再从南部和西部流向设得兰群岛。

过了安斯特岛和费特勒岛，向南绕过耶尔岛、巴勒沃岛，经过加尔塔加斯湖、萨姆普雷岛和比加岛、乌纳瑞岛和兄弟岛。德尔廷岛破碎的岩石在港口沉入海底，指向耶尔湾。蛇形的萨洛姆湾伸入内陆，将诺斯马文和德尔廷一分为二，将石油储备一直带进400多公顷的东部腹地。成千上万的管道和阀门如红树林般互相缠绕着从地面升起，大量建筑师、工程师和劳工来到这里。直角弯管接头连着笔直的管子，银色储油罐的圆顶上爬满了青草。道路在储油罐下如血管般环绕排列。油田南部边缘，蜿蜒的道路一直穿过布雷定居地，在狭窄的马维斯格林德山谷前才算是到了尽头，从那里看出去，地平线上有一条银光。这里的原油产量达到每天10万桶，但这片广袤荒凉的土地并未被侵扰，看不到一丝杂乱、疤痕和树木遭砍伐的痕迹。好像什么都没有发生过，弯曲的海岸线依然连绵不断。

汽笛声在码头回响，像一场没完没了的大合唱。这声音只有冲浪者和好奇的海豹偶尔会留意。最近40年，萨洛姆湾的4个码头已经在超负荷运转。到处都是等着入港的邮轮，海浪吞吐着船只，灯光昏暗。石油从北海流入高速货运列车和货运飞机，流入客机和战斗机、汽车和卡车的油箱；石油发动了直升机、联合收割机、割草机、水泥搅拌机、食品加工机和吊扇；石油注入了推进器，飞溅在田地上，滴落在农作物摇曳的叶子上，作为肥料沉入土壤。石油以自己的方式进入了食物链。它还能变成染色剂，进入音响设备和清洁用品，或是掩盖我们原本的气味；它能像塑料一样固化，像蜡一样光亮；它变成食物包装袋、洗发水，你从

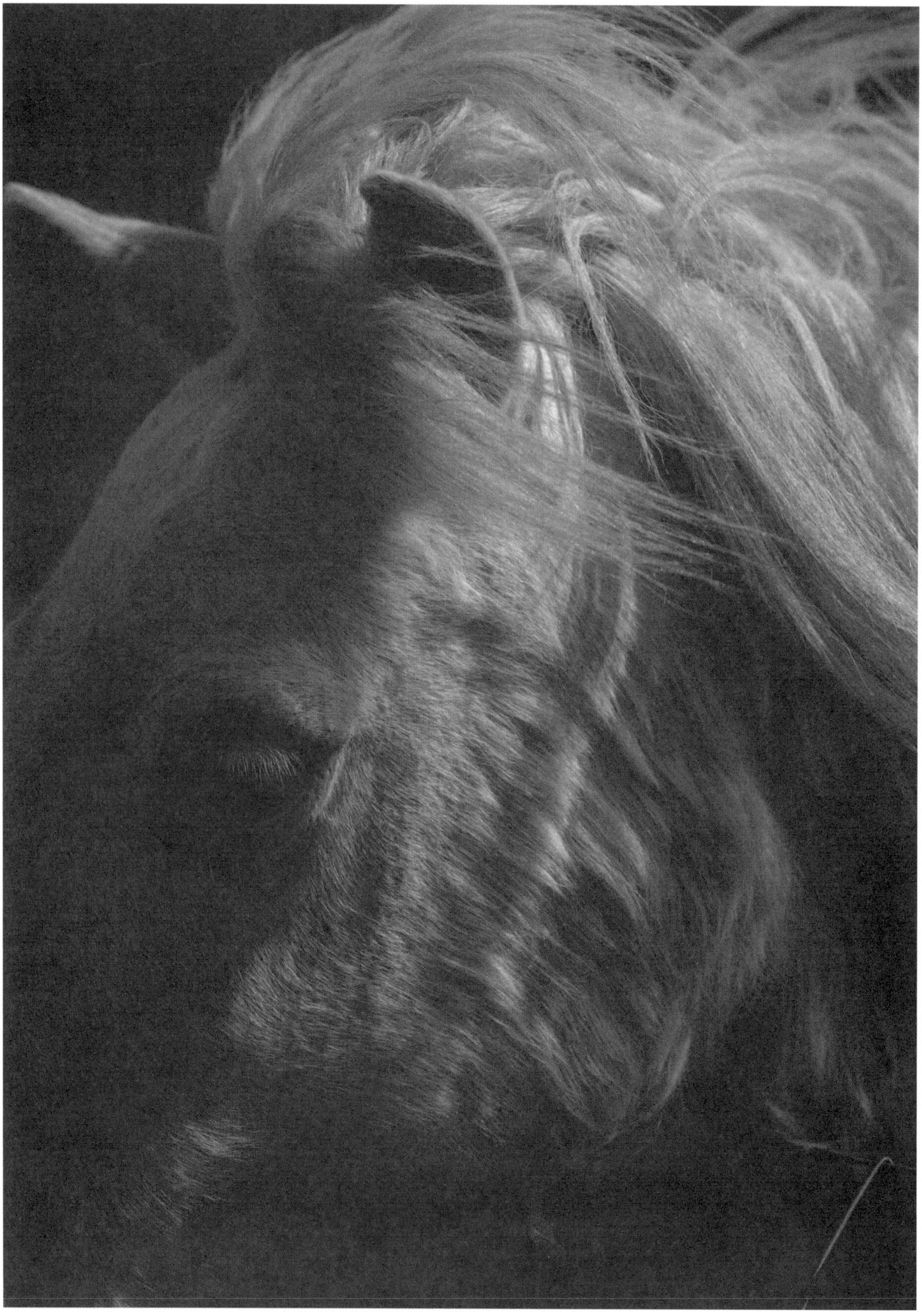

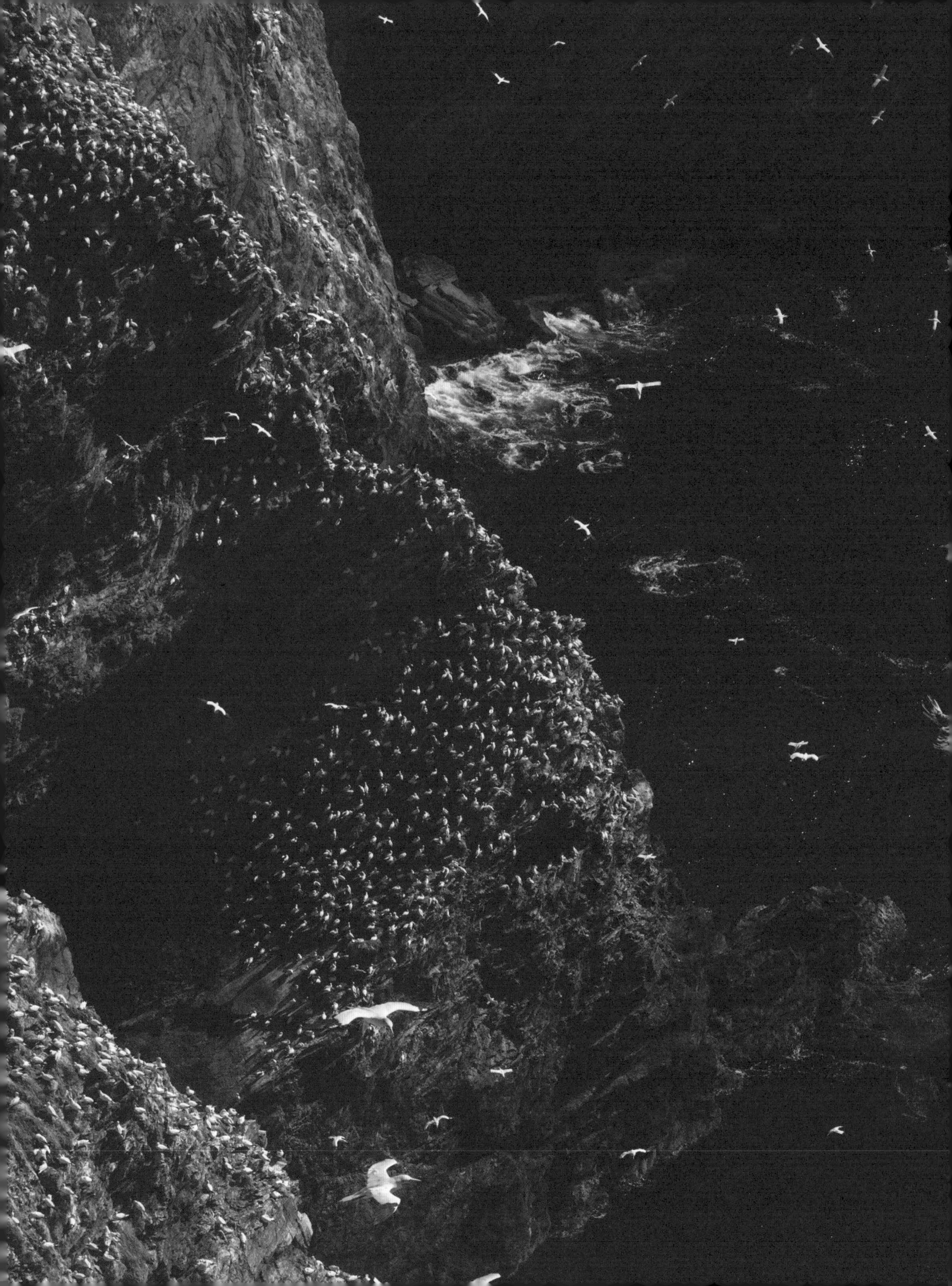

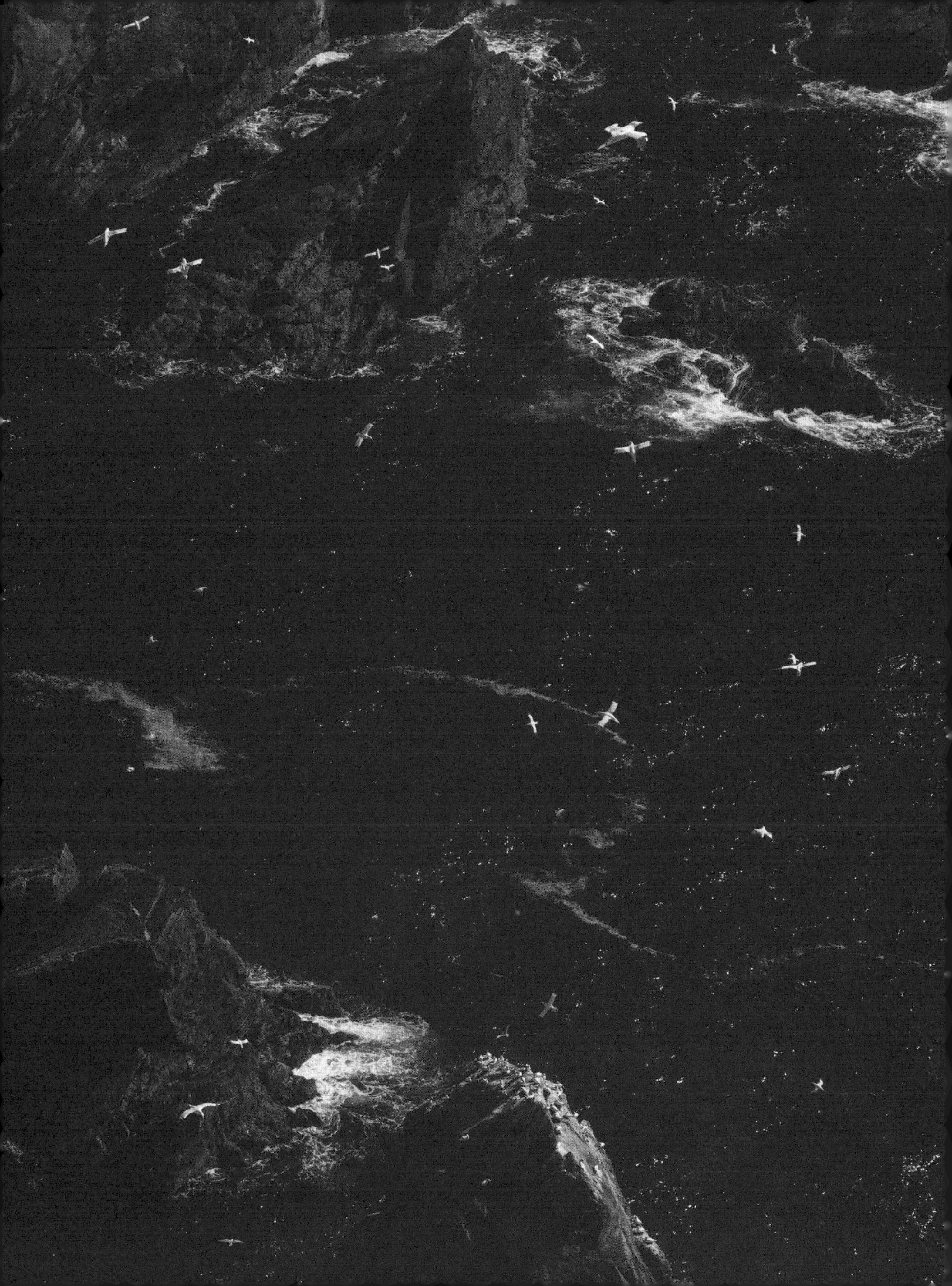

“故事挂在码头粗糙的板木上，紧挨着为避免碰掉船身上的油漆而系挂的轮胎。”

市场上买菜回家提的篮子也是用它做成的；它来到城市边缘的垃圾处理中心，一边慢慢分解，一边被乌鸦啄食殆尽；最后，它分解成细小的颗粒物，通过土壤和水回到大海，积聚在海鸟的胃里和抹香鲸的食道中。

自从人们在萨洛姆湾发现石油以后，资金便涌了进来。黏稠的黑色液体把乡村道路铺得像缎带一般；道路劈开了大地，穿过宽阔的冰川谷地、陡峭的悬崖崖底，绕过清澈如镜的湖泊和巨大的山体，阻断了地质构造带。人们有钱了，开着进口车在空旷的大地上呼啸而过，画出一道影子。人们购屋置地，建造了一栋栋北欧风格的别墅，安装了三层真空玻璃窗，窗户可以打开成锐角，屋内干净整洁，社区安定和谐。村口新建了游泳池和体育馆，后面是一排排房屋；港口两侧开设了博物馆，旧磨坊变成了精品店，从里面飘出咖啡的香味；还有旧邮局，已成了一家艺术画廊。谁能抵挡发展的魅力？短短几年时间，这里到处是电气工程师、项目经理、监工，他们拿着图纸、计划书做出承诺。人们匆匆从衣柜里拿出衣服，装进行李箱，一路“滚”到阿伯丁渡轮码头，乘船驶离海港。要知道，勒威克周边的房价又涨了。

在越来越强的轰鸣声和节奏中，作为主角的石油却开始犹豫不决，步履蹒跚。你如果仔细观察就会发现海底的压力已经消散，许多油井已经枯竭，高峰期已经过去几十年了。发展和冲突像交响乐一样此起彼伏。海上，电锯尖叫，管道解体，一场“大撤退”正如火如荼地上演着。

食 客 俱 乐 部

爱 丁 堡 版

文字：Sean Hotchkiss

我们冲进雨里，在午餐高峰期前几分钟赶到了卡特尔餐厅（El Cartel），在二层顶楼找了张桌子，点了一份香味浓郁的入口即化的厚切玉米饼碎肉卷、锡纸包的烤玉米，以及点缀着新鲜的奶酪和石榴籽的鳄梨酱，用烤脆的芭蕉舀着吃。纳特·德格（Nate Dogg）嘹亮的歌声从高保真立体声音响中传出："我不玩游戏，因为没人跟我玩。"餐厅里很暗，手工瓷砖铺成的墙壁上挂着品位不高的装饰，屋里立着一个老式空调，上面贴着各种墨西哥汽水的广告。我们在爱丁堡，这座城市我第一次来，但一切都似曾相识。我有种以前来过的错觉。

我经常旅行，作为一个旅者，我陷入了全球化的困境：一方面我认为它会淡化本地文化，或者说，它会把所有文化中心城市都变得雷同；另一方面，当我饿了，又在一个陌生的地方突然瞥见一个刷白墙、点大灯、极简主义风格的店铺（这是国际化连锁餐厅的标志）时，会马上长舒一口气。这种全球化的餐厅装修代表了一种美学标准，一定程度上保证了相对新鲜可靠的食物。有人决定开家这种类型的餐厅，也许是在伦敦，也许是在哥本哈根，也许是在旧金山，剩下的就是厨师水平的问题了。大多数情况下，我能接受这种全球标准化的餐厅，时常旅行的旅人大都能接受这些餐厅的食物。我的女朋友为我们的"老烟城"（Auld Reekie，爱丁堡的别称）之旅制订的餐饮计划就像是张时尚派对名人名单。

我们的第一站是城市天使（Urban Angel），这是一家古雅的地下咖啡馆，主打本地化、绿色有机食品。金黄色木地板，白色瓷砖，张扬而时髦，食客们也都是衣着光鲜人士。我去过很多这样的地方，现在已经能注意到其中的细微差别了。城市天使咖啡馆不配套的抛光家具、古董银餐具和迷宫般的地下用餐区，让它有种一般时髦餐馆没有的独特味道。我们吃完塔可饼离开时，太阳已穿破云层，天空

“这就是完美的旅行时刻：
每一种感官都得到了满足，
冰激凌的酸味，
阴了一上午后重洒的阳光，
人们喝啤酒聊天的嗡嗡声，
男孩儿的吉他声，
混合着烟草味的新鲜花香。”

已放晴。我们脱掉外套，开始找喝的。一位爱吃甜点的纽约朋友告诉过我们，格拉斯广场皇家英里大道边有家玛丽牛奶吧（Mary's Mile Bar），每天上午供应各种口味的新鲜冰激凌，如麦芽牛奶葡萄干味、茶饼干味、斯蒂尔顿干酪和葡萄味。在这个温暖的午后，我们站在小店前排队，听一个戴着棒球帽的男孩儿边弹吉他边唱鲍勃·迪伦的歌，看当地人从附近农贸市场的黄色帐篷里买回烤面包和草莓。这就是完美的旅行时刻：每一种感官都得到了满足，冰激凌的酸味，阴了一上午后重洒的阳光，人们喝啤酒聊天的嗡嗡声，男孩儿的吉他声，混合着烟草味的新鲜花香。

我们本想去利斯墨西哥厨房（Leith Mexican kitchen）吃饭，可是那儿没位子了。此时我们闻到了爱丁堡炸玉米饼的味道，便寻味过去，找到了园丁小屋（The Gardener's Cottage），皇家露台花园中的一家餐馆。菜单上的每一道菜都很吸引人，只是这家也满了。经过一番等待和可怜巴巴的恳求（“我们现在怎么办？”“真的越来越晚了”），善良的服务生将我们安排在了室外的野餐桌旁，我们脚下就是香料和菜地——餐馆食物的原材料。接下来便是我们这一年中最简单最美味的一餐：花椰菜、腌鲭鱼、鹌鹑蛋和烤鹿肉。我们在这个美丽的花园里尽情享用美食，时间似乎静止了。我们的新朋友——餐馆服务生不时过来招呼我们，在上葡萄酒和小食之间，已经跟我们聊得火热。我们交换了彼此的故事（他秋天要去美国旅行）和电子邮箱地址。夕阳西下，太阳已落在公园旁的白色排屋上。路灯亮起时，酒已经没法让我们暖和了，于是服务生又把我们挪到了屋里，请我们吃甜点。我跟其他食客打了打招呼，一会儿坐这儿，一会儿坐那儿，吃完甜点后我又回到窗边。此时的我觉得现在不管是在世界哪个角落都美妙极了。

II

风尚

日 用 之 美

仪 式 感

Everyday Beauty

A RITUAL

摄影：Victoria Zschommler **艺术指导：**Nathalie Francis
化妆：Michelle Boggs **发型：**Anna Chapman **美甲：**Hannah Bond
模特：Hebe at Hive & Elliot at Supa **布景：**Aimee Brigg **制片：**LALALAND

前页
发油 *Hair Oil by* ONICA ORGANICS

本页
木槿皂 *Hibiscus Soap Bar by* MAISON DU SAVON DE MARSEILLE
杏仁皂 *Almond Scrub Soap Bar by* IRIS HANTVERK
橄榄皂 *Huile D'Olive Soap Bar by* ARTISANAT DE PROVENCE
10号皂、9号皂 *No.10 Soap Bar & No.9 Soap Bar by* SAVON STORIES
去角质海藻皂 *Exfoliating Seaweed Soap Block by* HAECKLES
荷兰薄荷皂 *Spearmint Scrub Soap Bar by* IRIS HANTVERK
吉卜赛之水 *Gypsy Water Soap Bar by* BYREDO

本页
花质香水 *La Sélection Florale (La Tulipe) by* BYREDO
木质香水 *Santal 33 Eau de Parfum by* LE LABO
水百合旅行喷雾 *Water Lily Travel Spray by* PERFUMER H

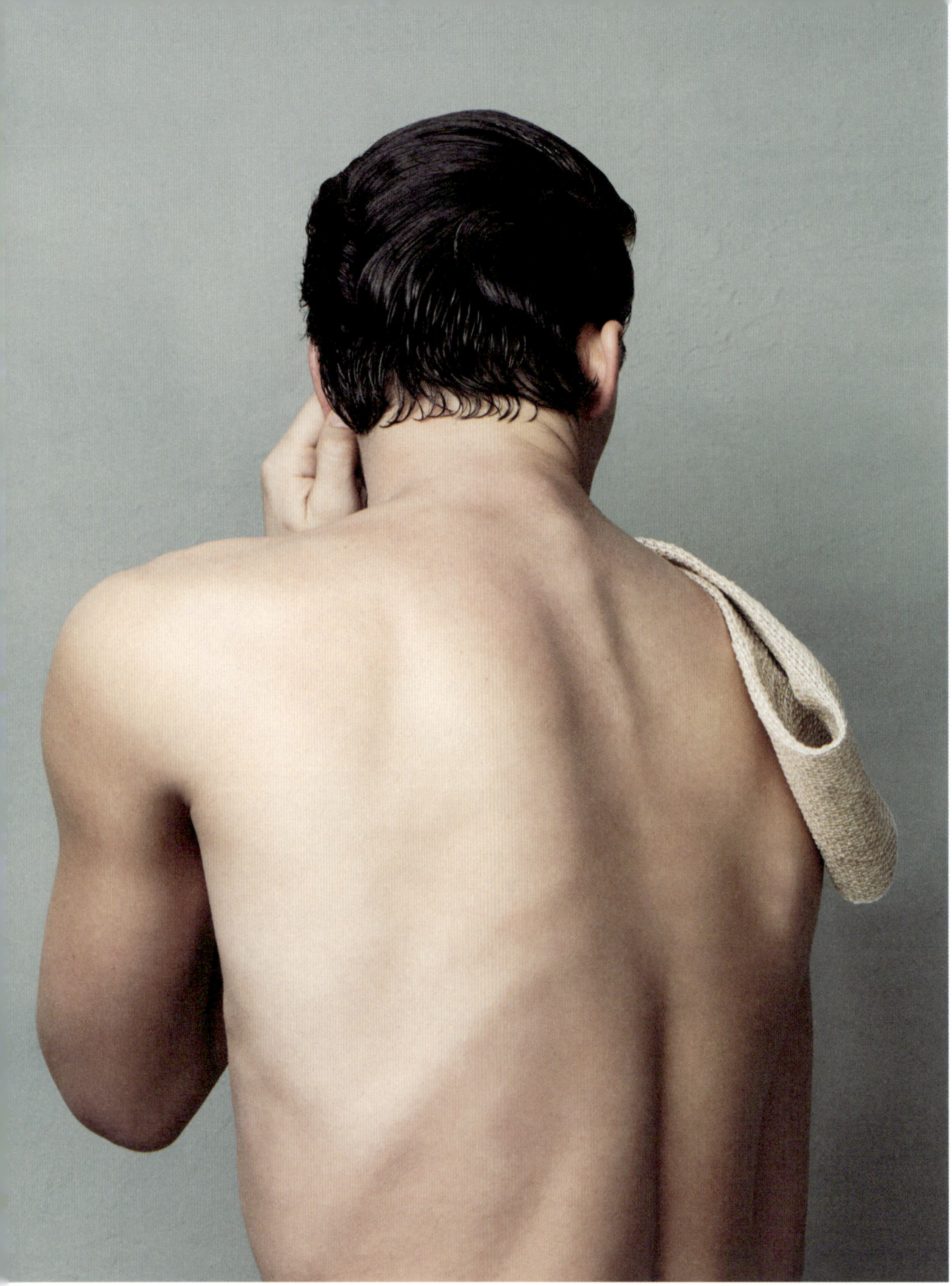

本页
浴巾 *Mesh Body Scrub Towel by* SASAWASHI

本页
面油 *Luxury Face Oil by* RODIN OLIO RUSSO
浮石 *Natural Pumice Stones by* IRIS HANTVERK
香水 *Charcoal Perfume by* PERFUMER H
面刷 *Face Brush by* IRIS HANTVERK
香精 *Neroli Portofino Eau de Parfum by* TOM FORD
喷雾 *Eau de Néroli Doré Natural Spray by* HERMÈS
面霜 *Pommade Virginal Face Cream by* BULY1803
洗手液 *Seaweed/Fennel Hand Cleanser by* HAECKLES

本页
香皂 *Bal D'Afrique Soap Bar by* BYREDO

对页
清洁面膜 *Binchotan Charcoal Cleansing Mask by* BINCHOTAN

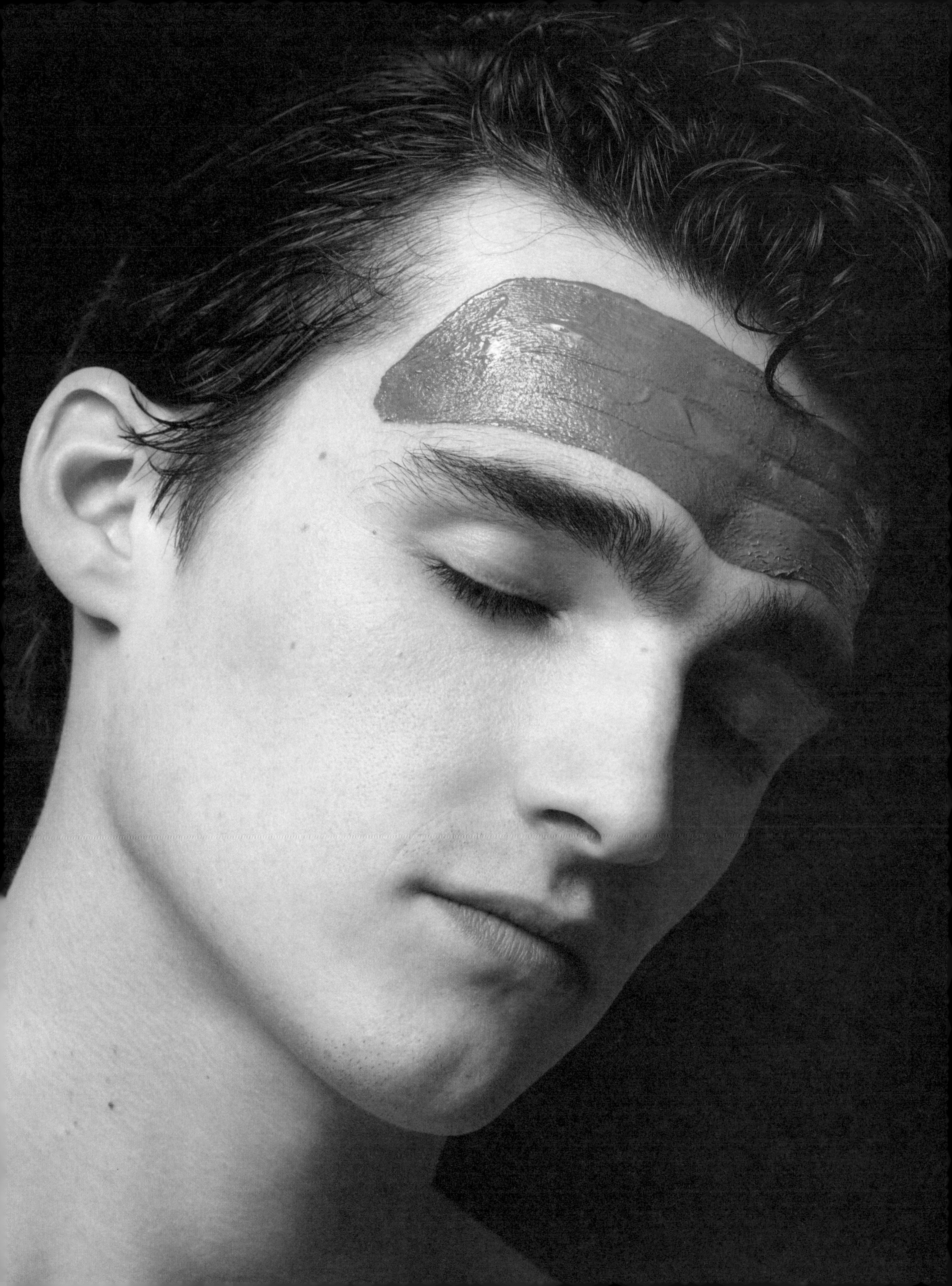

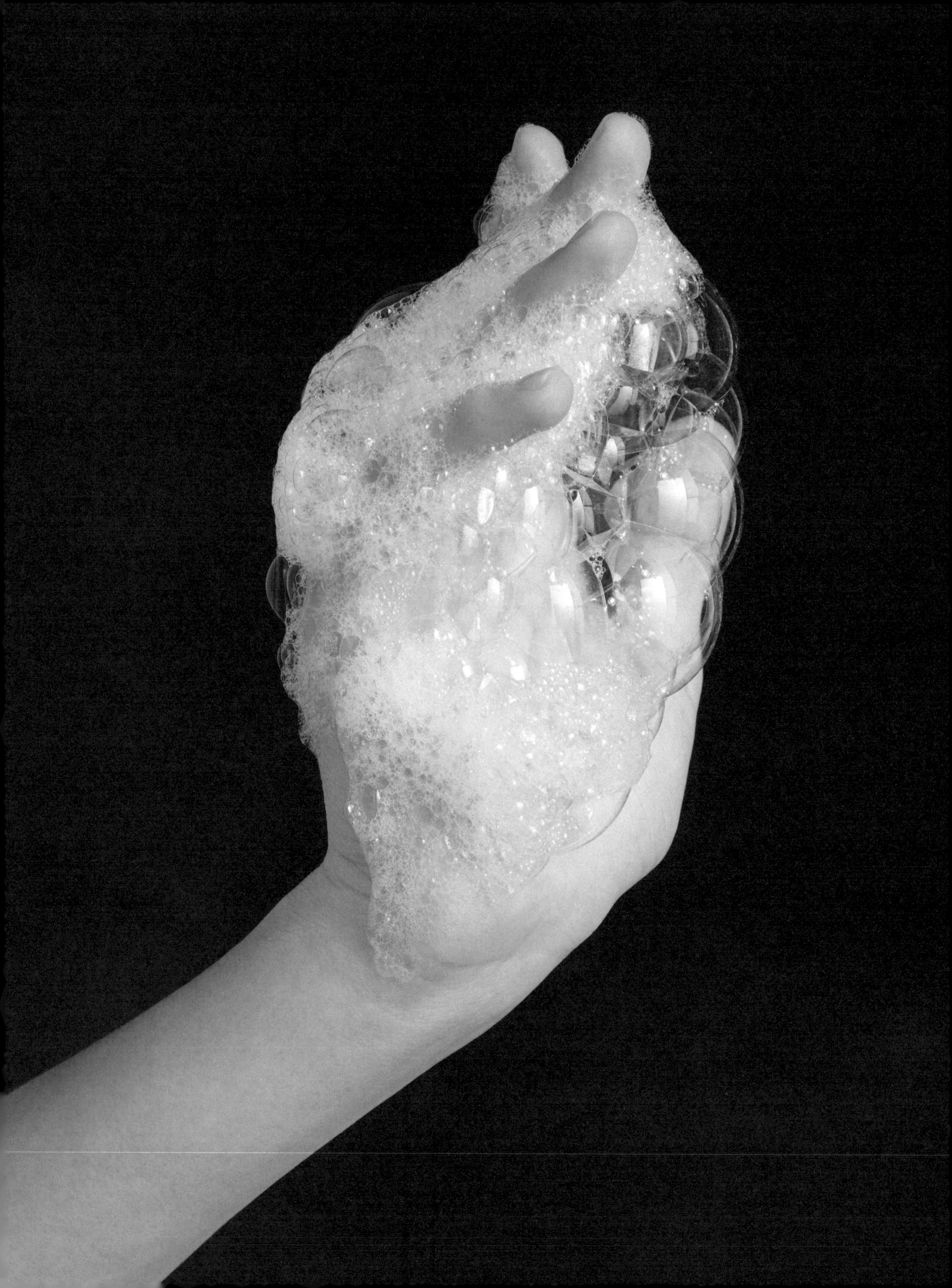

本页
磨砂膏 *Peppermint Coffee Body Scrub by* FRANK BODY

对页
香皂 *Mint Tea Soap Leaf by* SENTEURS D'ORIENT

低调的创意

COS十周年专访

文字：Ruth Ainsworth　**摄影：**Iringó Demeter

COS伦敦总部，通风的房间里散落着HAY品牌首饰，在这里创意总监卡琳·古斯塔夫松（Karin Gustafsson）与我们畅聊了COS的创意氛围。她言语轻柔，为人谦逊，却又活跃专注。墙边的两排展示架上是AW 2017系列的最新样品，以深红色、蓝色、奶油色和灰色为主，线条、质地柔软。大背板上是设计团队关于两个系列的概念和方向的研究记录。

卡琳描述COS是一个不分等级的国际化的富有创造性的有机团队。她大笑着说他们不是人们以为的“小斯堪的纳维亚中心”，他们的第一家店于2007年在伦敦开业。2006年，卡琳作为应届毕业生，加入了这个当时完全不知名的品牌。2011年她成为女装设计主管，2016年成为创意总监。这位瑞典设计师在过去10年间一直坚持着自己的风格。在此期间，COS从一家零售店扩展到34个国家和地区的210家店。

谷物：随着COS越来越流行，你们是不是需要做很多妥协？

卡琳·古斯塔夫松：我们并不觉得需要妥协，我们一直相信我们的DNA。很幸运有一群有欣赏力的客户，他们懂时尚、设计，这也是我们能有今天的成就的原因。真正的挑战是保持一贯的高品质，即使是最基本的T恤设计，剪裁和比例也必须是无懈可击的。一个小小的细节或工艺可能需要广泛研究和多次试验，但我们从来不觉得有压迫感，服装质量本就应该完美无瑕。

谷物：COS在艺术和设计方面非常活跃。过去的6年中你们与很多设计师和艺术家合作设计了米兰国际家具展的展台。你们为什么看重品牌的这个维度？

卡琳·古斯塔夫松：我们通过这种方式分享我们的灵感。我们的客户喜欢与我们分享兴趣爱好，我们很自然地就这样做了。与我们欣赏的艺术家合作，对双方都有很多益处。我们对合作伙伴的唯一要求就是，理解COS的品牌理念，创作出民主的、交互的作品。当然，参加米兰国际家具展也让我们有机会与客户面对面交流。

谷物：你提到了COS的DNA，如何定义这个DNA呢？

卡琳·古斯塔夫松：我们的DNA就是追求不被时间淘汰的美，同时兼具现代性和功能性。比如白衬衫这样的基本款，我们始终追求最简洁最干净的风格，崇尚更现代的演绎。“样式为功能服务”是我们的座右铭。我认为COS能吸引不同个性的人，是因为它非常低调。顾客可以根据自己的个人风格来搭配我们的服装。另一方面，即使是一件黑色的小礼服，我们也会设计一个口袋，因为这个小小的口袋就会让你的小礼服与众不同。

谷物：COS对不同个性的顾客的吸引力来自哪里？

卡琳·古斯塔夫松：广泛寻求灵感对我们来说非常重要。我们将自己对艺术、设计和建筑的理解运用到设计中。每年的两个季节性室内服装系列的设计灵感就来自我们一年四季中收集的所有东西。我们团队会把所有的灵感和素材摆在桌面上，一起研究，从中分析和寻找当年的趋势。

谷物：你们的研究包括哪些内容？

卡琳·古斯塔夫松：每一季都不一样，没有特定的格式。过去，艾格尼丝·马丁和唐纳德·贾德是我们的主要灵感来源。现在的AW 2017系列，我们参考了陶巴·奥尔巴赫（Tauba Auerbach）。我们喜欢她的个人穿

着品位和艺术品位，两者都有强烈的视觉冲击力，但不知为什么被市场低估了。我们欣赏的另一位艺术家詹卢卡·吉米尼（Gianluca Gimini）则需要人们自己发挥想象力，将答案组合出来。这让我们想到了“可调整的人体工程学”，或重新设计一个产品。以此作为本系列的主题，也赋予了这个系列一种科技感。本系列的另一个特点是线条、形式和颜色的应用。我们注意到了建筑中的红色，比如佩代维拉建筑事务所在奥地利设计建造的Feuerwehr Vierschach消防站。这栋房子是用红色的有色混凝土建成的，对我们来说，我们似乎能在不同的材料里找到这种特定的颜色。我们也很喜欢穆勒·范泽韦伦（Muller Van Severen）的弧形沙发床，想让COS的产品也有这种锋利的工业感。大量的研究让我们定下了这个系列的大部分设计风格。

谷物：COS从设计学院选中你时，他们喜欢你富有创造力的技巧，能直接在服装展台上进行创作。

卡琳·古斯塔夫松：那是我的方式，因为我不擅长绘画！作为一个团队，我们运用许多不同的方法，包括绘图、拼贴和数码设计。尽管如此，我们最喜欢的还是手工设计，我们经常先做好一个披肩或口袋，再锁个边，然后重新摆放，看一件旧衣服还有没有新的可能。有时我们只是重新考虑布料的重量和质地，看它的垂感会给设计带来什么样的影响。

谷物：你认为这种创作方式影响了COS的审美吗？

卡琳·古斯塔夫松：这种方式推动了我们进步，这是肯定的。它让我们看到了服装面料在各种折叠过程中的无限可能。褶皱和折叠能够产生大胆的戏剧效果，而我们又希望创造一个超级简约干净的外观，所以我们一方面运用褶皱，一方面又稳步地精简和处理褶皱。没有早期的冒险尝试，就不会有后面的卓越成果。

谷物：所以顾客最后看到的产品虽然看起来简单，其实却并非如此。它一开始是个非常实验性的东西……

卡琳·古斯塔夫松：确切地说是这样。

“真正的挑战是保持一贯的高品质，
即使是最基本的T恤设计，
剪裁和比例也必须是无懈可击的。
一个小小的细节或工艺可能需要广泛研究和多次试验，
但我们从来不觉得有压迫感，
服装质量本就应该完美无瑕。”

谷物：我很想知道离开设计学院后你的设计过程有什么改变。

卡琳·古斯塔夫松：在设计学院要努力寻找自己的审美，到了COS以后我能进一步寻找美。我有创意，但是我不太懂如何在这个基础上推出一系列的产品，也没有直接面对过顾客。这些都是我到了COS以后学到的东西。现在我非常享受工作中的这部分内容。作为一个消费者，我喜欢买经久耐用的东西，我为家里买东西的时候，会认真考虑这个因素。我在设计产品时，也同样要替顾客考虑如何让它们更耐用。

谷物：你喜欢为家里买什么样的东西？

卡琳·古斯塔夫松：我最近一次买的是贾斯珀·莫里森（Jasper Morrison）的灯具，我把它放在了我的新浴室里。它是一个干净的磨砂白圆球灯具，但是它的圆形被巧妙地变形了，我真的很喜欢这个设计。

谷物：你平常都穿什么衣服？你只穿COS吗？

卡琳·古斯塔夫松：我大部分的衣服都是COS！了解自己设计的衣服对我来说非常重要。因为这个原因，我想穿COS，想感受顾客的感受。再说我也真的很喜欢我们的牌子！我喜欢永恒的优雅的东西，还能不时来点儿设计感。

谷物：我们已经聊了COS为什么历久弥新，为什么耐穿，除此之外，你认为COS能常葆新意且符合潮流的关键是什么？

卡琳·古斯塔夫松：我们不钻牛角尖，我们从感觉出发，从外部汲取灵感，这很抽象。我们会搞头脑风暴，充分探讨各种可能性。还说白衬衫吧，这是顾客们最看重的单品，我们非常明白这一点。我们要让顾客总能在COS找到最好的白衬衫。到了设计环节，我们又必须从头开始寻找每个系列的灵感。这种原创精神即使是在最低调的产品中也很明显。

官网：*cosstores.com*

针 织 品

精 选

Knitwear

A CURATED SELECTION

摄影：Claus Troelsgaard　艺术指导：My Ringsted　地址：Frama
化妆：Stine Rasmussen　发型：Line Bille　模特：Filippa & David from Le Management

前页
毛衣 A.P.C.

本页
高领毛衣 WOOD WOOD
毛衣 CECILE BAHNSEN

对页
连衣裙 COS
高领毛衣 LALA BERLIN
袜子 NORSE PROJECTS
靴子 A.P.C

前页（左）
裙子 BOTTEGA VENETA
腰带 HOPE

前页（右）
上衣&裙子 HERMÈS
毛衣 VINCE
腰带 HOPE

本页
高领毛衣 ACNE STUDIOS
毛衣&围巾 TONSURE

对页
大卫的毛衣 HOLZWEILER
菲莉帕的毛衣 NORSE PROJECTS

本页
毛衣 PRINGLE OF SCOTLAND
衬衫 NATURAL SELECTION

对页
衬衫 HAN KJØBENHAVN
裤子 TONSURE
靴子 ACNE STUDIOS
针织衫 IBEN HØJ

中 心 球 场

温布尔登的“劳力士”

Centre Court

AT WIMBLEDON WITH ROLEX

文字：Charlie Lee-Potter **摄影：**Rich Stapleton
特别鸣谢：Phase One

“无论是比赛开始那天看上去绿草如茵的球场，还是比赛结束那个星期天像个炎热的大火炉的大草原球场，费德勒凶狠又优雅的身影都在球场上飘来飘去。”

温布尔登中心球场有自己的小气候：紧张，压力满满，一触即发。若是在比赛日里坐在某个深绿色的座位上，你会听到怪异而压抑的嗡嗡声。这是15 000人的注意力集中在一起，集体发出的声音。球速达到每小时240公里，人群中就会爆发出惊讶的叹息声。若是遇上阴雨天，整个球场屋顶的雨滴声更是会被放大，震耳欲聋，再加上球迷的喧哗声和掌声，简直变成了一场大合奏，非常震撼人心。人群会尖叫，但广告牌不会。与其他大满贯不同，温布尔登永远不会让广告牌变成大屏幕。因此，这仍是一个克制的由紫色和绿色构成的永恒的围场，连吊在墙上的花篮也有颜色编码。

每年夏天，温布尔登的游客会消耗掉34 000公斤草莓、110 000个烤饼、320 000杯鸡尾酒、29 000瓶香槟。这些都是传说中英国人夏天食用的食物，往往只存在于想象中。即使大雨倾盆，球迷们也会坚强地坐着，任由雨滴打在他们的塑料雨衣上，下面是因为不透气而汗湿的衣服。多年以前，温布尔登还没有装屋顶的时候，总决赛那天似乎总是赶上下大雨。这戏剧性的终场成了整个赛季的高潮部分，对那些如今依然坐在没有装屋顶的座位上的人来说，更是如此。

没有任何一场网球赛事像温布尔登这么安静沉闷。这既归因于它的历史，也缘于它绝不对未来妥协。连绵的绿色塑料座位像海洋一般，其中的皇室包厢像漂浮的小木筏，自有一套礼仪。男性观众会事先得到通知，必须佩戴领带“以免尴尬”。随着时间的推移，竞争对手穿白色服装的比赛规则没有松动，反而变得越来越严格。2017年，两名身穿黑色运动内裤的男球员被判违规，只因在一大片雪白中太扎眼。好笑的是，一名工作人员带着一大堆备用的白色内裤上了场，只要他们换上就可以恢复比赛。

即使是名满天下的选手，在出场前也不敢肯定自己能写入温布尔登网球锦标赛的历史。正如三届温网冠军鲍里斯·贝克尔（Boris Becker）所说的那样，你只能活在当下，希望未来一切顺利。在温网，时间的精确度非常重要，必须用专用计时器。劳力士自1978年以来，精确地计量着温网的时间，完成了以秒和分计时的任务。球场边上，低调的金色劳力士钟挂在中心球场深绿色的围板上，旁边是展示网球运行速度的显示屏。

显示屏和劳力士钟并排在一起就像是温布尔登的完美比喻：测量超音速的速度表与精确的劳力士计时钟一起见证着当下。嘀嘀嘀，也许只有罗杰·费德勒（Roger Federer）才能让时间停止。2017年，他获得了自己第8个温网冠军，成为历史上第一人且年纪最大的冠军。无论是比赛开始那天看上去绿草如茵的球场，还是比赛结束那个星期天像个炎热的大火炉的大草原球场，费德勒凶狠又优雅的身影都在球场上飘来飘去。费德勒著名的芭蕾舞般的反手听起来就好像是纸袋炸裂，灵活的短扣球悄无声息地便过了网，击中草地，赢得又一个胜利。

看着中心球场的时钟，我想起了自己当球童的经历。以前我们最讨厌双打，当你在裁判椅旁蹲下来准备冲刺捡球时，近网的球员却用球拍捡起球打给你让你接，真是令人好不气恼。就好像你本来打算当尤塞恩·博尔特（Usain Bolt，短跑运动员），却不得不中途变卦，变成“魔术师”约翰逊（Johnson，篮球明星）。当然，这是每个球员追求的梦想：像博尔特一样快，像约翰逊一样灵巧，只有这样才能把自己写进温网的过去、现在和将来。

ROLEX

III

逃离

圣洛伦索巴洛卡

简约的田园生活

文字：Alice Cavanagh 摄影：Ash James

这是5月一个炎热的午后。我站在风景如画的阿连特茹地区，圣洛伦索巴洛卡（São Lourenço do Barrocal）泳池旁的草地上。眼前是一栋田园风格的酒店，由普利兹克奖得主爱德华多·索托·德·莫罗（Eduardo Souto de Moura）设计。抵达这里几个小时后，我意识到，安静并不意味着沉默。太阳一点点升上天空，我旁边有一组管弦乐队；燕子叽叽喳喳地叫着，蜜蜂像快乐的无人机一般在春天的薰衣草和洋甘菊之间来回穿梭。一股热风袭来，搅动着空气。我不停地拿起冰柠檬水，降热解渴，冰块碰撞的声音打乱了大自然的交响乐。懒懒的下午已经如期而至，我唯一需要做的就是跳进凉爽的深水泳池游一会儿，配着沙丁鱼和辣椒油吃一份黑麦面包，再去获过奖的苏珊·考夫曼水疗中心放松一下。

这是圣洛伦索巴洛卡典型的一天。当然，你想要更“剧烈”的运动也有：骑马，徒步，骑自行车，乘热气球……随你挑。从空中俯瞰，这就是一幅由橄榄树和葡萄园拼贴成的画面。这个庄园目前的主人是若泽·安东尼奥·乌瓦（José Antonio Uva）家，不过他们可从来没有多少时间这样悠闲。他们在这片八代相传的土地上辛苦劳作着。

在过去10年里，这家酒店已经被改造成了豪华度假村，但乌瓦依然在为保存家族遗产而努力。现在这里仍然是个农场：养牛，种植着5种本地葡萄品种，并且用这些葡萄酿酒，同时还种有薰衣草。质朴的田园牧歌式生活仍在继续，餐厅里用的都是当地农场自产的食材。

官网：***barrocal.pt***

BARROCAL

图 卢 姆

狂 野 地 带

文字：Leigh Patterson　摄影：Brooke Holm

对图卢姆竟然有这么多感触，我自己也感到非常讶异。我以前从没有去过图卢姆，但是我想象过，我们对未知的事物都不可避免地有自己的想象，特别是像图卢姆这样神秘的未知。每个人都有自己独特的想象，我的想象包括忍受蚊虫叮咬，汗流浃背地爬上一个废墟（当然是值得的）；抱着刚切开的椰子喝一口，然后抬头看看天空；浮潜的时候不小心喝了口咸水；喝无麸质啤酒，在哈特伍德餐馆门口排两个小时队等位；在沙滩上练瑜伽，做下犬式；满地都是从中西部玉米地来一日游的美国游客。有朋友曾主动发表过他对图卢姆的看法，他认为，图卢姆已经过时了，因为它早在1999年就被开发了。

“以上所有都能在图卢姆找到。这句话的重音是‘能’。游览图卢姆的关键是，真正的旅行不在于发现新的美景，而在于拥有一双善于发现美的眼睛。”

——马塞尔·普鲁斯特

发现一：

图卢姆位于墨西哥尤卡坦半岛东侧，是前哥伦布时期的玛雅城市，四周城墙环绕，现在是加勒比海岸一个12米高的悬崖上的废弃遗址（“图卢姆”在尤卡坦语中是“围墙”“墙”的意思）。这里是玛雅人最后建造和居住的城市之一。

希克苏鲁伯陨石坑是大约6 500万年前两颗小行星相撞的证据。这次撞击造就了当地独特美丽的地理环境：图卢姆是一片沼泽丛林，你得小心无处不在的蜥蜴，警示牌上还写着这里有蜘蛛猴，并且是鳄鱼的领地。随便跳进一个天坑或石灰岩坑里游泳，你就会看见很多乌龟。水有时很浅，有时又深不可测，依旧是一片未知的水域。

15年前的图卢姆还很安静，距离坎昆国际机场约130公里，隐匿在丛林中。附近的海滨小镇低调而特别，只有几处零星的草棚，人们赤脚走在土地上，看上去温和又脆弱。

一切都会改变。今天，图卢姆早已不是秘密。任何人只需要一点点冒险精神，就能来到这里。加利福尼亚州的瑜伽爱好者、经济型冲浪爱好者，还有想避开旅游热点的游客，纷至沓来。然而，图卢姆并不只有这些。在神秘光环的笼罩下，这里依然是一个神话传说中荒芜而不受打扰的地方。当地人的社会依旧充满活力，正在努力与新的旅游生态系统共生共存。这里提出的问题带有普遍性：如何保有一个地方的灵魂？来图卢姆四处转转吧，跟当地人聊聊，听听他们怎么说。

发现二：

图卢姆只有一条进路、一条出路。这里的蓝色是如此动人，以至于你站在海边会很难想起任何曾经见过的蓝色。左边是海，右边是丛林。海滩长得看不见起点和尽头。透过蚊帐，可以看到棕榈叶的阴影投在沙滩上。而晒伤的嘴唇上还留着青柠檬的刺激。尽管总是被包裹在潮湿的空气和云层之中，这里却有种特别的厚重感。

一名日本女游客骑着自行车到处闲逛；附近的迷你音箱中放着鲍勃·马利的歌；海滩上走过来一个貌似某著名模特的身影；一个时尚摄影师慵懒地躺在吊床上休息；旁边的健美运动员正端着一杯蛋白奶昔看日落；一对伦敦夫妇晒得像对龙虾一样，手里的科罗娜啤酒哗哗作响；有个德国人是家旅店的老板……多少游客来这里完成他们梦想中的“养生健康之旅”。

路边一个卖杧果的男人正在玩小鼓。另一边一个人在卖腌橘子，小橘子都装在纸盘上，吃的时候可以配上一瓶芬达。有种叫帕洛·桑托的熏制水果是一款鸡尾酒的配料。远处不断传来某段高科技舞曲。闪烁的灯光模糊得像低空的星星。到处是晒成深色皮肤的人。污水和香蕉船把海水搞得脏兮兮的。空气里飘着法国香水的味道。

发现三：

已故旅行作家爱丽丝·施泰因巴赫（Alice Steinbach）曾这样描述人们对旅行的向往：“为寻找不可能找到的东西，我来到这里。这里的一切，不管是人、是物，还是过去，都让我迷失。”

发现四：

我坐在海边，想知道如果静止不动，任潮水冲刷，是不是能更好地理解这个地方。然而，浪打在我脸上，我丢了太阳镜，即使眯着眼也很难抵御强烈的日光。我摸索了半天，终究还是没找到，只好放弃了。一小时后，我的丈夫跳进海里，太阳镜拿在他手上，好像来自温暖的加勒比浴缸的礼物。

再后来我晒伤了，不是因为直接坐在阳光下，而是因为白色的沙滩也会反射阳光。我想，我不该总是抬头，而应该低头看地上。有时候你认为真实的东西其实只在那一瞬间是真实的，很快它就会变成其他东西。

发现五：

我走到丛林这边的饭馆吃晚饭，瞥了一眼人行道。我的目光越过对面一家生态度假村的门口、一个排球网、一个路边果汁吧，还有一张挂毯，我看到一个忙碌的服务员手里正端着一杯玛格丽特鸡尾酒，后面一片黑暗。我看不到黑暗中有什么，觉得备受打击。

发现六：

“晚上……我们眺望窗外无边无际的海，海面上满是白色光斑和绿色倒影。我们两个并肩靠在栏杆上，却感觉彼此离得很远。我们任由自己飞到平流层上半明半暗的梦里。在那里我们明白了自己真正的使命：在这个世界无尽的道路和无边的海上一直向前。我们应该永远保持好奇，洞察眼前的一切，探究每一个角落，却又浅尝辄止。”

——埃内斯托·切·格瓦拉，《摩托日记：拉丁美洲游记》

发现七：

作为一个旅人，既要保持好奇心，又要真诚地怀疑一切——还要有幽默感。

玛雅遗址上贴满了自拍照片。花15美元就能跳进一个天坑游一圈。一个茅草屋门口在出租生锈的自行车。这里支持手机扫码付款。人们住的虽是豪华酒店，厕所却不能冲。

当然，玛雅诸神不知道正在什么地方看着我们，嘲笑我们呢。

发现八：

“让一切该发生的发生，
无论美好的还是恐怖的。
继续前进，
就像没有尽头。”

——赖纳·马利亚·里尔克

“海滩长得看不见起点和尽头。透过蚊帐，可以看到棕榈叶的阴影投在沙滩上。而晒伤的嘴唇上还留着青柠檬的刺激。”

罗 驰 路 奇 酒 店

现 代 海 滨 度 假 村

Les Roches Rouges

A CONTEMPORARY SEASIDE RESORT

文字：Alice Cavanagh　**摄影：**Rory Wylie

20世纪上半叶，摩纳哥到法国圣特罗佩这段蔚蓝海岸是富人和名人的追捧地。这里充满了前卫艺术氛围，你若是没钱，就必须有才。画家可以用自己的作品当货币，在拉克罗贝奥尔酒店或百万富翁的别墅里换吃换住。

在罗克布吕讷-卡普马丹，可可·香奈儿的别墅La Pausa的访客记录中充满着20世纪的传奇人物，如伊戈尔·斯特拉文斯基、巴勃罗·毕加索和萨尔瓦多·达利。从山顶小镇耶尔的诺阿耶别墅（Villa Noailles）沿海开车几个小时，可以看到包括路易斯·布努埃尔、曼·雷和让·科克托等人在内的超现实主义风格的海滨别墅。

艺术潮流与周围自然风光的结合影响了这片海岸的建筑景观。诺阿耶别墅是法国建筑师罗伯特·马莱-史蒂文斯设计的一栋现代主义大别墅。爱尔兰现代主义建筑师艾琳·格雷还在该地区建造了自己的避暑别墅E-1027，其隔壁就是勒·柯布西耶的夏季休闲度假别墅Le Cabanon。

今天，豪华度假村和超级游艇遍布海岸线，迎来度假人口结构的新变化。艺术村早迁到了更新潮的海岸。不过，海滨小镇圣拉斐尔重新振兴了此地的时尚魅力。罗驰路奇酒店（Les Roches Rouges）始建于20世纪60年代初期，由夏洛特·德·唐纳克（Charlotte de Tonnac）和费斯滕建筑事务所（Festen Architecture）的雨果·索泽（Hugo Sauzay）共同设计，既现代又有中世纪韵味，是一处别致的海滨度假村。

两位设计师从E-1027别墅简洁的线条和野蛮主义的风格中汲取灵感，创造了一种温馨的气氛，让客人感到放松。酒店的门厅更像是一间海滨别墅的客厅，舒适感一直蔓延到一层的餐厅和休息区。屋里是暖色调的棕褐色、奶油色、白色装饰，楼下宽敞的空间里摆放着宽敞的沙发，露天阳台上还放着躺椅。房间里设备齐全、宽敞、白净崭新。以天然材料为主，再点缀以微妙的原色，也许是在向勒·柯布西耶致敬。在路上几乎看不到这个度假村，它完全融入了周围的景观中，你几乎可以从每个房间的窗口看到地中海那醉人心魂的蓝。

官网：*hotellesrochesrouges.com*

IV 聊“欲望”

IV On the subject of

DESIRE

黄 玉

Topaz

by Sheila Lam

仿佛触手可及
却又如此遥远
在我们的世界里
我看着你望向我

IN BETWEEN DAYS (2017)

1100mm x 1350mm
synthetic polymer on canvas

另 一 个 念 头

Another Thought

by Caroline Walls

《另一个念头》是卡罗琳·沃尔斯（Caroline Walls）多方面创作实践的延伸。该作品的焦点是女性身体。通过她对人体的描绘我们能看到，女性的身体既不是主体，也不是客体，而是自我。

SHE CAME TO STAY (2017)

1100mm x 1350mm
synthetic polymer on canvas

SHE TURNS DOWN (2017)

760mm x 900mm
synthetic polymer on canvas

DARK PARTS (2017)

760mm x 900mm
synthetic polymer on canvas

ANOTHER THOUGHT (2017)

1100mm x 1350mm
synthetic polymer on canvas

关于（物质）欲望的反思

Reflections on (Material) Desire

by Elizabeth Metcalfe

要说我们不是这个物质主义世界的一部分，那纯粹是骗人。我们飞蛾扑火般扑向物质。尽管如此，我一生中最快乐的时光，还是在一个物质匮乏、位置偏远的荒野地带度过的。我在彭布罗克郡的一个偏僻角落里度过了生命中最美妙的一周，即便那里连一品脱（约570毫升）牛奶或一张邮票都很难买到。苏格兰西海岸边的孤岛——圣基尔达岛（St Kilda）美好得让人不想离开，可以忽略掉最近的商店在海那边、80公里以外。不过，节日是个例外，对我来说，过节不能没有物质。

今天，我们不太敢承认自己对物质的欲望，部分是因为简朴的生活不仅被认为可行，而且被认为是应对物质过剩生活方式的解毒剂。我前面已经承认了我对物质的欲望，但也想证明没有它我一样快乐。你看，承认自己的物质欲望是一件多么令人不舒服的事。当我们想要某样东西时，同时会产生内疚感，但我们又的确总是在渴望某些东西，比如衣服、书、美容品、纺织品、陶瓷等等。有时我们甚至并不是想要某个特定的东西，而只是“想要”，任何东西都能满足我们。毫无疑问，杂志、报纸、地铁里的广告和广告牌都起到了推波助澜的作用，朋友之间也互相鼓励。简单来说，我们都成了物质欲望的俘虏，因为我们都得穿衣服鞋子，都得装饰自己的房子。

另一个促使我对物质充满欲望的因素是我的办公室靠近牛津街。这条街道现在已经被一连串的连锁店占领，午餐时间是这里的人欲望值最高的时候。一般情况下我对这些连锁店没什么兴趣，但这种情况下，我都没进商店，只是路过的时候瞥见一样东西，就被撩起了欲望。有些东西我甚至都没有正眼看过，却在某一刻突然被吸引了，被勾起无法抵御的欲望。我想要它，事实上，我需要它。

弗吉尼亚·伍尔夫1932年发表的《牛津街之潮》（Oxford Street Tide）已经问世80多年，她对“人潮滚滚的牛津街”是如何让我们进入疯狂的欲望状态的描写，放在今天依然准确生动。“一切都闪闪发光，”伍尔夫写道，“这里是一个温床，一个感官刺激的制造厂。”她浓墨重彩地描述了牛津街闪闪发光的窗户、花哨的广告标志及店里拥挤的人潮，这些都让我们欲望沸腾。我们只是“想要”，而不是“需要”。我们在午餐时间买必需品就够了，不该毫无意识地被欲望引诱，任何时候都想买东西。

自伍尔夫以来，牛津街上的商店和货品已经发生了巨大变化。“肮脏的魔术师”已经消失，手推车推着的郁金香、紫罗兰和水仙花已经被塑料纸包裹的花束所取代，而“草地上休息的乌龟”如果今天还在，那就太荒唐了。但是“乌龟”为我们解释了某些关于欲望的东西。伍尔夫写道：“人类对乌龟的渴望是人性中不变的因素。不管怎样，看到一个女人停下来，把一只乌龟放进她的一堆包装袋上面，也许是人类肉眼能看到的最稀有的景象。”这里面有两个要点：第一点，她认为越是奇特、稀有的东西越能引起欲望；第二点，她承认想要并不意味着一定要买下来。

我的物质欲望也符合伍尔夫的理论。我不会太冲动，我只是经常想象自己拥有一件东西后会是什么样子，考虑它是否值得花那么多钱，问自己是否真的需要它（往往这么一问，我就觉得我真的需要它了）。我最近看上了一个红边灯罩，几个月后它成了我确定想要的东西。但是，这个灯罩在我的“访问量最大”的页面名单上待了几个星期后，我的欲望却慢慢消退了，其他东西取代了它——一件适于度假穿的紫色真丝裙子。

也许最重要的是，意识到买东西永远不能让我满足和解脱后，我的欲望便减少了。把辛苦赚来的钱花出去后，我们会变得更空虚。我记得我14岁的时候，喜欢上了时尚品牌Topshop的一双棕色鞋子。奋争了几周后，我母亲终于同意把它作为期末礼物买给我。可是当我从白盒子里拿出鞋来时，我发现它根本没那么诱人。欲望带来兴奋。13世纪的拉丁语词根里，“欲望”的意思是错过、渴望或后悔。这个解释很贴切。我曾在勃艮第市场的摊位上看上一个喷壶，过了一会儿我终于下定决心，拿着50欧元兴冲冲地回去，却发现一个男人先一步买下了它，喜滋滋地走开了。因为错过了机会而后悔没有立即买下来，彼时我对那个喷壶的欲望达到了顶点。

小说家玛格丽特·阿特伍德1976年的小说《神谕女士》（*Lady Oracle*）中，主人公在波多贝罗路的古董市场，反思自己对二手货物无休止的欲望循环：“我看到、渴望的所有东西，以前都被人看到过、渴望过。”物质欲望是人性中的正常部分，我们不应该为此感到羞愧，有史以来我们人类一直都渴望漂亮东西。我的结论是，牛津街午餐时间的欲望是健康的。我很高兴自己是伍尔夫所说的那种“粘板”，眼睛总在美丽的物品上流连，只要别连“乌龟”都想买回家就行。

撰稿人

作家

Alice Cavanagh
Charlie Lee-Potter
Elizabeth Metcalfe
Justin H. Min
Leigh Patterson
Lucy Brook
Matilda Bathurst
Sean Hotchkiss
Sheila Lam

摄影师

Brooke Holm
Carmen Chan
Claus Troelsgaard
Iringó Demeter
Justin Chung
Robbie Lawrence
Rory Wylie
Victoria Zschommler

艺术指导

My Ringsted
Nathalie Francis

艺术家

Frédéric Forest
Caroline Walls

CEREAL

readcereal.com